À PROPOS DE L'AUTRICE

Mélanie Lacroix vit à Lille et aime en faire le cadre de ses romans. Fan de barbus, de tatouages et de pop culture, elle en parsème ses histoires et se plaît à créer des personnages forts et libres.

Un happy end pour moi aussi

MÉLANIE LACROIX

Un happy end pour moi aussi

Harper Collins
POCHE

HARPERCOLLINS FRANCE

83-85, boulevard Vincent-Auriol, 75646 PARIS CEDEX 13
Tél. : 01 42 16 63 63

www.harpercollins.fr

ISBN 979-1-0339-0608-7

Prologue

Quand j'ai commencé mon bullet journal[1], je me suis dit que ça pourrait être sympa de suivre mes projets, mes humeurs, et que je prendrais plaisir à revenir sur les bons moments.

C'était un truc qui m'avait bien plu, le fait d'avoir une vue d'ensemble de mon humeur, en fin de mois. En commençant mon bujo, j'ai acheté une énorme plaque d'autocollants smileys. Je suis une vraie gamine, parfois, et j'adore les autocollants, j'en mets partout. Chaque soir, je collais religieusement le petit smiley correspondant à ma journée. Peut-être pour me rassurer, me dire que tout allait bien et que j'étais heureuse. À part quelques coups de blues, les derniers mois ont été remplis de visages souriants. Mais ça, c'était avant que ma vie ne parte totalement en cacahuète. Parce que là, autant vous dire que mon bujo, j'ai juste envie de le balancer par la fenêtre…

Faisons un rapide point sur la situation :

Il y a encore trois mois, ma vie, c'était :

- Mec : un (parfait, adorable et fou de moi, du moins, c'est ce que je croyais) ;
- Boulot : un (tout aussi parfait et passionnant) ;

1. Le bullet journal ou bujo est un carnet que l'on personnalise, à mi-chemin entre le journal intime et l'agenda.

- Appart : un (totalement imparfait, mais à mon image).

Aujourd'hui, ma vie, c'est :

- Mec : envolé (avec mes illusions) ;
- Boulot : c'est compliqué (doux euphémisme) ;
- Appart : zéro dans moins de trois mois.

Alors, autant vous dire que mon humeur, aujourd'hui, elle n'est pas terrible. Pire que ça, même. Je crois qu'aucun smiley ne pourrait la décrire…

Mood tracker du mois de
février

Ça va pas

Chapitre 1

Bon. Je crois qu'il est temps de faire un petit point dans-moins-de-six-mois-j'ai-trente-ans-et-ma-vie-c'est-de-la-merde.

Il y a encore quelques mois, je nageais dans le bonheur. J'avais un mec depuis presque deux ans. Il s'appelait Tristan. Ou plutôt, il s'appelle Tristan. Il n'est pas mort. Même si je préférerais. Tristan et moi, nous nous sommes rencontrés à la fac de droit. Il faisait des études pour devenir notaire, et moi, j'étudiais le droit des affaires. On a commencé par être amis, puis on est tombés amoureux. Pour la plupart des gens, nous étions le couple le plus improbable qui puisse exister.

On n'avait rien en commun. Ça aurait dû me mettre la puce à l'oreille, mais je suis l'incarnation de l'expression « l'amour rend aveugle ». Bon, avec le léger recul de nos quelques jours de séparation, je me rends compte que ça n'aurait jamais dû coller entre nous. Plus différents, ça n'existe pas.

Déjà, je fais une tête de plus que lui. Conséquence : je ne porte plus de talons depuis deux ans, car Monsieur ne supporte pas d'être plus petit que moi. J'ai réussi à l'empêcher de s'acheter des talonnettes, mais on est passés près d'un drame modesque. Ensuite, on n'a jamais vécu ensemble. Quand je vois nos deux apparts, je ne sais vraiment pas comment on aurait réussi à marier nos deux univers dans un seul et même espace. Enfin… Si… J'ai ma petite idée. Je ne vais pas nier y avoir souvent pensé.

Son appartement est un petit deux-pièces situé à deux pas de la Défense. Il travaille dans un office notarial situé dans l'une des immenses tours qu'on peut voir depuis son balcon. Dans ce monde un peu dingue où tout le monde court en permanence, il se sent comme un poisson dans l'eau. Il aime vivre dans le stress, avoir des pics d'adrénaline à longueur de journée. C'est un forçat du boulot et un perfectionniste, jusque dans sa vie personnelle. Quand on entre chez lui, on se demande si on n'est pas dans un appartement témoin. Pas une once de couleur, des meubles fonctionnels, pas de photos ni de cadres. Il y mange, y dort, c'est tout. J'ai vainement essayé de lui offrir de petits objets de déco, qui ont tous fini au fond d'un placard. J'ai même proposé une ou deux fois de l'aider à repeindre les murs, mais il m'a regardée avec un air tellement effaré que j'ai vite laissé tomber.

Mon appart à moi, c'est mon cocon, ma petite bulle. Quand j'ai quitté ma colocation d'étudiante, j'ai choisi l'endroit le plus biscornu que j'ai visité. Il est situé en plein cœur de Paris, dans une cour privée qui m'incite presque à croire que je suis à la campagne. Comme on dit dans les agences immobilières, il a gardé le charme de l'ancien. De hauts plafonds, du carrelage aux couleurs patinées par le temps, un peu cassé par endroits, une plomberie qui date de la Préhistoire… Mais le plus bizarre, c'est son agencement. On y accède par une immense entrée qui donne… sur un séjour minuscule, séparé de la cuisine par une très grande fenêtre. En passant par la cuisine, on arrive à la chambre, aux dimensions d'une salle de bal. En fait, aucun espace, aucune pièce n'est aux dimensions qu'on attend de lui ou d'elle. Et moi, quand je l'ai visité, eh bien, j'ai eu un coup de cœur. Le propriétaire, un fils à papa avec qui je n'ai quasiment eu aucun contact, a rapidement accepté mon dossier. Depuis, j'ai décoré mon chez-moi à mon image – ma mère et Tristan diraient que c'est un immense bordel –, et je dors dans le salon.

Dès qu'il venait chez moi, Tristan se sentait obligé de faire du ménage et du rangement. Nos soirées romantiques finissaient bien souvent de la même manière : lui rangeant et moi lui proposant mollement mon aide, avant de finir devant une série.

Physiquement, outre notre différence de taille – Tristan mesure à peine un mètre soixante-dix à vue de nez – on est le jour et la nuit. Ses cheveux sont d'un blond qui tire sur le roux, et il est toujours rasé de près. Je lui ai plusieurs fois proposé de se laisser pousser la barbe et les cheveux, pour faire ressortir son côté sauvage, mais il a toujours pris ça pour une bonne blague. Il est en costume toute la semaine et à peine moins habillé le week-end. Son uniforme se compose d'un pantalon en toile ou en laine, d'une chemise et d'un pull en hiver. Je n'ai jamais su faire la différence entre ses chemises « pour aller bosser » et ses chemises décontractées. En quoi une chemise peut-elle être décontractée ?

Moi, mon style vestimentaire se définirait en deux mots : ça dépend. Je peux tout à fait porter une robe sexy et des escarpins puis, le lendemain, traîner l'un de mes vieux jeans avec des baskets. En revanche, ce qui ne change pas, c'est ma collection de lunettes. Je suis obligée d'en porter, car je suis myope et ne supporte pas les lentilles de contact. Alors, quitte à en avoir, je prends plaisir à les choisir originales et colorées. Certaines achètent des sacs à main de marque ou des robes de créateurs, moi, j'achète des lunettes. Bon, des sacs à main et des robes AUSSI. Côté physique, je suis très brune, les cheveux longs et ondulés. Malheureusement, pas des ondulations de sirène. On dirait plutôt que mes cheveux n'ont jamais su choisir entre être lisses ou bouclés. Ils sont entre deux. Je mesure un mètre soixante-quinze, et la plupart des magazines féminins considéreraient que j'ai au bas mot six kilos à perdre. Moi pas. J'aime manger, faire la fête, profiter de la vie, et mes séances de sport se cantonnent à admirer les joueurs devant les matchs de rugby. Ça fait bien longtemps que j'ai laissé tomber les régimes qui me faisaient perdre cinq kilos en m'affamant, pour m'en faire reprendre dix en mangeant normalement. En revanche, Tristan est un grand sportif, coureur de trail. Il serait végétarien, s'il ne se sentait pas obligé de manger de la viande avec moi. Les repas à deux étaient devenus très compliqués, les derniers temps. Son niveau sportif étant de plus en plus haut, il s'était mis à consommer des aliments qui lui permettaient de gagner du muscle ou je ne sais quoi. Toujours est-il qu'on a fini par faire assiette à part. On fait même carrément cuisine à part, maintenant.

Il y a deux mois, j'ai reçu un courrier qui m'a anéantie. Mon appartement chéri va être vendu. Mon propriétaire ayant besoin de liquidités pour un projet formidable et totalement secret, il souhaitait vendre au plus vite. En tant que locataire, il m'a proposé de le racheter. J'ai tapé à toutes les portes, je suis allée voir toutes les agences bancaires, mais j'ai dû me rendre à l'évidence : acheter un appartement en plein Paris, même mal agencé et vétuste, c'est au-dessus de mes moyens. Tristan m'a fait la morale, j'aurais dû économiser, ouvrir un PEL, j'aurais dû, j'aurais dû, mais je ne l'ai pas fait. Je préfère investir dans des robes vintage et des chaussures à talons démesurés (que je ne peux pas porter).

C'est finalement mon voisin du dessus qui l'a acquis et qui va l'utiliser pour s'aménager un super duplex. Moi, je vais me retrouver à la rue. Comme ils sont sympas, ils me laissent le temps nécessaire pour me retourner et chercher un nouvel appartement. Mais la situation ne durera pas.

Comme je suis naïve, ma première pensée a été que j'allais emménager chez Tristan, transformant ainsi son appartement si triste en petit nid d'amour. Naïve et bien trop optimiste…

Chapitre 2

Quand j'ai su que j'allais me retrouver sans appart, j'ai concocté une petite soirée romantique pour annoncer à Tristan mon envie qu'on emménage tous les deux. Comme il préférait que nous passions la soirée chez lui (au moins, quand c'était chez lui, on passait une vraie soirée romantique, puisqu'il avait déjà fait le ménage avant mon arrivée), je lui ai dit que je m'occuperais de nous préparer un dîner en amoureux. Je ne l'ai pas senti très enthousiaste, mais, aveuglée par mon exaltation, je ne m'en suis pas vraiment inquiétée.

En sortant du boulot, je suis passée chez notre traiteur italien préféré, où j'ai acheté un assortiment d'antipasti et des saltimboccas avec des pâtes fraîches. Je m'étais remonté les cheveux en un chignon flou, car il les préférait comme ça. Je m'étais remaquillée légèrement en insistant sur les yeux, qui me paraissent toujours petits derrière mes lunettes de myope. Pour finir, j'avais enfilé une jolie robe qui mettait mes formes en valeur.

Tristan est arrivé avec près d'une heure de retard sur l'horaire prévu, la mine grise. Il a regardé d'un air torve le plat tout desséché à force d'être réchauffé. Malgré l'attente, j'étais toute contente de le voir pour lui annoncer mon projet, qu'il trouverait forcément formidable. Il a déposé un baiser léger sur mes lèvres, rouspétant parce qu'il allait avoir la trace de mon rouge, puis s'est installé à table.

Telle une parfaite ménagère, je l'ai servi, m'excusant de la tête des escalopes, qui ne ressemblaient plus à grand-chose. Il a marmonné que ça n'était pas grave, puis a commencé à manger en silence. J'ai alors pris une grande respiration et je me suis lancée. J'ai à nouveau évoqué le coup de bambou de la vente à venir de mon appartement, ma tristesse de devoir le laisser, puis mon idée géniale : vivre ensemble pour enfin se poser comme un véritable couple. J'ai détaillé l'organisation qui pourrait être la nôtre, les petits aménagements que je ferais dans l'appartement pour le rendre plus accueillant. Je me suis enthousiasmée sur tous les projets que l'on pourrait avoir. Et là, j'ai vu son regard. Un mélange de gêne, de panique et d'un je-ne-sais-quoi d'autre qui ne me disait rien qui vaille. Quoi que ce soit, en quelques secondes, il a réduit mes espoirs à néant. Non seulement il ne voulait pas vivre avec moi, mais il avait bien réfléchi et me quittait. Ça faisait des semaines qu'il essayait de me le dire, sans y parvenir.

C'était très simple : il ne m'aimait plus. On était trop différents, ça ne pouvait plus durer entre nous. On resterait amis, bien sûr. Je serais la bienvenue dans son canapé si je le souhaitais, puisque j'allais bientôt me trouver à la rue.

À son ton et son air paniqué, j'ai compris que tout ça n'était que pure politesse. J'ai même pensé ironiquement que, vraiment, ça tombait mal, cette histoire, pour ce pauvre garçon qui ne voulait qu'une chose : se débarrasser de moi. Je l'ai regardé de longues secondes sans comprendre. Je crois que je l'ai traité de connard, puis je suis allée ouvrir le placard du couloir, j'ai sorti un vieux sac de sport et y ai balancé tous mes cadeaux qui végétaient là depuis des mois. Puis je suis partie.

À quel moment mon plan a-t-il merdé à ce point ? Je me retrouvais en quelques jours célibataire et quasi-SDF.

On dirait bien que quand la roue tourne pour moi elle ne fait pas semblant. Au bureau, lors d'une réunion rassemblant tous les salariés, la direction nous a annoncé une grande nouvelle : les services supports de la boîte déménagent. Dans un premier temps, on s'est un peu inquiétés. Est-ce que ça ne sera pas trop loin ? Tant qu'on reste dans la petite couronne, ça va. Plus loin, ce sera compliqué côté transports. Ah oui, et les services supports, c'est qui, en fait ? Est-ce que nos bureaux seront plus grands ? Est-ce qu'on aura des bureaux individuels ? La discussion a fini en gros bordel, et le DRH a dû gueuler un coup pour qu'on arrête de jacasser.

Il nous a expliqué que le bâtiment où nous sommes devenait trop petit et peu adapté à notre développement. D'où la décision de se rapprocher de notre maison-mère à Bruxelles. Dans six mois environ, l'entreprise s'implantera à Lille. On a tous commencé à parler en même temps, protestant qu'ils n'avaient pas le droit, que personne n'avait envie d'aller vivre là-bas, etc.

Plusieurs personnes ont déclaré qu'elles saisiraient les prud'hommes, d'autres qu'elles démissionneraient purement et simplement, d'autres encore n'ont rien dit et sont reparties à leur bureau.

Moi par exemple. Je me suis assise sur un coin de ma table de travail, sous le choc. Ma petite vie si parfaite était en train de s'effondrer. J'étais sur le point de perdre mon logement, l'homme que j'aime venait de me quitter, et maintenant ça ! Je pensais au moins garder un peu de stabilité côté boulot. Mais là, je n'ai pas beaucoup de choix : partir à Lille ou me retrouver au chômage.

Comme, en plus, je n'ai plus de logement, ça risque de se passer très mal pour moi.

Évidemment, en signant notre contrat, on a tous accepté une clause de mobilité, sûrs qu'on ne bougerait jamais. Nous sommes une cinquantaine à être concernés par le déménagement. Le DRH a fait distribuer des plaquettes énumérant tous les avantages et toutes les aides dont la boîte nous ferait bénéficier. Ma collègue Bénédicte est ravie de ce changement. Ça fait des mois qu'elle me bassine avec la vie en province, son ras-le-bol du rythme parisien, des bouchons et de la pollution. À l'écouter, Lille est un charmant petit bourg à la campagne, et on va tous travailler au milieu des vaches et des champs. La pauvre risque de vite déchanter !

J'ai vraiment du mal à imaginer ma vie loin de Paris. J'habitais dans la campagne picarde, petite, et toute sortie devenait une aventure. J'aurais pu rester près de la maison pour mes études, mais la vie à Paris m'a toujours fait rêver. Je sais que mes parents ont dû faire d'énormes sacrifices pour me permettre d'y vivre. Déjà, à l'époque, la moindre chambre de bonne coûtait une petite fortune. J'avais trouvé une colocation avec des étudiantes étrangères. J'étais la seule Française de la bande ; c'était moi qui gérais le quotidien, les papiers, l'administratif et surtout les relations avec notre propriétaire, une vieille dame un peu fantasque.

Cette période est l'une des plus heureuses de ma vie. J'ai vécu avec des dizaines de jeunes femmes venues des quatre coins du monde. Nous ne nous voyons plus avec la plupart d'entre elles mais, grâce à Facebook, nous restons toujours liées, au moins virtuellement. La plupart sont devenues mères de famille au bout du monde. Au moins une fois par an, nous prenons des nouvelles les unes des autres. C'est à Paris que j'ai construit le début de ma vie d'adulte. J'y ai aimé pour la première fois, mon cœur y a été brisé et j'ai brisé des cœurs, je me suis fait des amies et je les ai perdues douloureusement, j'y ai pris des habitudes, je m'y suis construite. Aujourd'hui, j'arrive à un tournant de ma vie. Plus de mec, presque plus d'appart et un boulot qui ne tient qu'à un fil, et court entre Paris et Lille.

En rentrant à la maison, je n'ai pas le cœur à me faire à manger. Je réchauffe une part de pizza caoutchouteuse, affalée sur mon lit qui a une vue directe sur la cuisine. Je jette un coup d'œil à quelques blogs lillois pour voir quelle pourrait être ma vie là-bas. Tout ce que je lis me ramène à mon enfance. Je suis allée souvent dans cette ville lorsque j'étais petite, chez ma Nanou, une tante de ma mère que j'ai toujours beaucoup aimée. Elle a longtemps été comme une grand-mère de substitution pour moi qui ai perdu mes grands-parents très tôt. Nos liens se sont distendus ces dernières années, mais j'ai gardé des relations épisodiques avec elle. Nous allions à Lille plusieurs fois par an, et j'aimais tout particulièrement fouiller dans ses malles, qui regorgeaient de merveilles. Devenue veuve assez tôt, elle n'avait jamais eu d'enfants et avait mené, d'après ma mère, une vie très dissolue dans sa jeunesse.

À cause d'une sombre histoire que je n'ai jamais vraiment comprise, mes parents ont coupé les ponts avec elle lorsque j'étais adolescente. Elle est devenue un sujet tabou, et j'ai vite laissé tomber. À quinze ans, on ne s'embarrasse pas des histoires des adultes, surtout quand ça concerne une vieille tante éloignée.

C'est à l'âge adulte que j'ai repris contact avec elle, en cachette de mes parents. Elle n'a jamais voulu me dire ce qui s'était passé, mais il y avait sûrement une histoire de gros sous derrière tout ça. Je ne suis jamais retournée à Lille, même si je lui promets, à chacun de ses appels, que je lui rendrai bientôt visite. Nous nous téléphonons de temps en temps ; c'est elle qui m'appelle le plus souvent. Elle a vu une émission à la télé qui lui a fait penser à moi, par exemple, et elle me le dit. Elle vit seule, mais d'après ce qu'elle me raconte, elle a autour d'elle une sacrée bande de mamies aussi étonnantes qu'elle. Mon père est décédé il y a cinq ans, le moment le plus difficile de ma vie, et elle a été là pour moi, même à distance. J'ai alors décidé d'avouer la vérité à ma mère, en espérant que Nanou pourrait venir à l'enterrement de papa. Malgré la douleur, elle a eu des mots très durs contre Nanou. Ça a été la seule et unique fois où nous en avons parlé.

Je suis tirée de mes pensées par la sonnerie étouffée de mon téléphone. Je mets plusieurs secondes à le retrouver, bien caché dans la taie de mon oreiller ; il a déjà basculé sur le répondeur. C'est ma mère, qui ne m'appelle habituellement que pour mon anniversaire (bien souvent avec deux ou trois jours de retard), ou quand quelqu'un est mort. J'écoute son message avec appréhension.

Alice, Nanou est morte hier. L'enterrement a lieu vendredi. Tu peux y aller si tu veux. Je ne ferai pas le déplacement, je pense que tu comprends pourquoi. Mais j'ai pensé que tu voudrais le savoir. À bientôt.

Les larmes me montent immédiatement aux yeux. Je n'avais aucune nouvelle depuis plusieurs semaines et, juste au moment où je pense à elle, elle meurt. Je vois toujours des signes dans l'enchaînement des événements, alors, la mort de mon seul lien avec Lille ne peut pas être une bonne chose…

Je me précipite sur mon ordinateur à la recherche d'informations, mais je ne trouve pas grand-chose, à part son avis de décès, la date et le lieu de ses obsèques. À l'époque, je n'ai pas compris le motif de leur brouille, mais que ma mère ne veuille pas se déplacer une dernière fois pour elle me rend encore plus triste. Elle était la plus proche famille de Nanou, c'est donc tout naturellement qu'elle a été prévenue. Son ton est tellement sec et froid sur son message ! Je suis censée comprendre pourquoi elle ne sera pas là. Mais je ne comprends pas. Qu'est-ce que Nanou a pu faire de si grave qui mérite que ma mère ne soit pas là pour lui dire adieu ? Mes retrouvailles avec Lille seront tristes et sombres, j'en ai peur, et je serai bien seule, encore une fois.

Chapitre 3

Je pose un jour de congé pour le vendredi, et réserve une chambre d'hôtel dans le centre de Lille pour la nuit. J'ai envie de prendre mon temps, de ne pas rentrer tout de suite à la maison. La messe a lieu dans la petite église du quartier populaire où Nanou habitait, et le hasard veut que ce soit à quelques rues à peine de l'endroit où je vais sans doute travailler dans quelques mois. Moi qui vois des signes partout, ça commence à faire beaucoup ! Je m'y rends en covoiturage et me retrouve avec des étudiants qui partent faire la fête en Belgique et passent par Lille récupérer un pote.

Une grande partie du trajet est rythmée par de la très mauvaise musique, poussée à un volume qui m'empêche de penser. La petite bande me raconte avec effusion et force éclats de rire les plans dragues foireux et leur vie qui semble tourner autour de la fête et des copains. Je plombe l'ambiance en quelques secondes en annonçant que je vais à un enterrement. Le conducteur baisse alors la musique, et le reste du trajet se déroule dans un quasi-silence réparateur.

Lorsque j'arrive à Lille, mes covoitureurs ne savent pas quoi me dire avant de me quitter, et c'est par une accolade gênée qu'ils me saluent.

J'ai le temps de faire un saut à l'hôtel et de manger rapidement un morceau, avant de prendre le métro pour me rendre à l'église. Je remonte la longue rue bordée de magasins qui se trouve en face de la gare et, quelques rues plus tard, j'arrive à mon hôtel. J'ai choisi un petit établissement niché dans une rue discrète, et je repère une brasserie située juste à côté.

Le hall est décoré de meubles et de gravures anciennes, pas du tout à mon goût, mais assez chics. La demoiselle de l'accueil est adorable et, lorsque je casse une fois de plus l'ambiance en lui apprenant que je suis à Lille pour un enterrement, elle murmure un « désolée » qui semble presque sincère.

Ma chambre est plutôt jolie, bien qu'un peu vieillotte. Un grand lit, dont la tête en bois noir s'accorde bien à mon humeur, trône au milieu de la pièce. Tout près du lit, un grand miroir me renvoie mon image : pâle, les traits tirés et l'air accablé. Je remettais depuis tellement longtemps le moment de revoir ma Nanou ! Et aujourd'hui, c'est son cercueil que je vais voir. Je m'en veux terriblement, et les larmes me montent une fois encore aux yeux. Je me sens incroyablement égoïste.

Je sors de ma valise la robe que je vais porter et les escarpins à hauts talons que je peux à nouveau mettre depuis quelques jours. La robe, avec son décolleté sage et sa jupe à plis plats, est parfaitement adaptée aux circonstances. J'ai une boule à l'estomac et je préfère prendre une douche que d'aller manger à l'extérieur. La douche à l'italienne est une invitation à laisser de côté l'attention que je porte à la planète et, au bout de longues minutes, j'en sors totalement groggy.

J'enfile robe et chaussures, et sors prendre le métro. Quelques minutes plus tard, j'arrive dans ce quartier qui pourrait me devenir familier. C'est l'heure de la reprise de l'école, et je vois passer des parents et des nounous qui pressent de jeunes enfants. Il y a aussi des personnes âgées, des adolescents qui écoutent de la musique très fort, et un groupe de jeunes adultes qui discute en espagnol devant une supérette.

Je me repère au plan que j'ai dessiné sur un coin de feuille et arrive rapidement à l'église. Quelques personnes âgées sont déjà là et discutent avec d'autres, plus jeunes. Tous les regards convergent vers moi, et je salue chacun d'un signe de tête. Une vieille dame ridée comme une pomme reinette s'approche de moi d'un pas chancelant. Elle est emmitouflée dans un vieux manteau élimé, et porte pas moins de trois écharpes autour du cou. Elles forment une sorte de minerve qui la fait se tenir très droite. Sa jupe s'épanouit autour de ses jambes maigres, au-dessus de bottes très colorées que ma mère réprouverait sans doute, mais qui me font aimer cette vieille dame au premier regard.

— Oh ! mon petit. Vous êtes Alice, n'est-ce pas ?

— Je… Euh… Oui, c'est moi.

— Natacha parlait si souvent de vous ! Elle aurait tellement aimé vous revoir avant…

Sa voix se brise, et elle s'accroche à mon bras, étourdie par le chagrin l'espace d'un instant. Une jeune femme se précipite à ses côtés et lui prend le bras.

— Madame Dupont, ça va ?

— Oui, Jamila, ça va. Voici la petite-nièce de Natacha. Elle est enfin venue. Enfin…

Sa voix se perd en un murmure, et elle me regarde avec tendresse. Natacha. Pour moi, elle a toujours été Nanou. J'ai découvert son prénom sur son avis de décès. J'ai aussi découvert son nom de jeune fille polonais, et je découvre également l'absence criante de proches pour pleurer sa disparition.

La petite église semble immense tant nous sommes peu nombreux. Je m'assieds aux côtés de Mme Dupont qui me demande de l'appeler par son prénom, Antoinette, et des quelques personnes âgées présentes à mon arrivée.

Derrière nous, des personnes plus jeunes, qu'Antoinette me présente comme les assistantes de vie et les infirmiers du quartier. Le prêtre célèbre une messe plus nostalgique que triste, soulignant le caractère parfois fantasque et la vie d'artiste de Nanou, rappelant quelques anecdotes et m'en apprenant d'autres. La cérémonie se termine sur les notes d'un morceau de musique classique connu, que mon inculture en la matière identifie comme une musique de pub.

Les quelques participants se réunissent ensuite dans le café du quartier situé près de l'église. Je suis au centre de toutes les attentions ; chacun me pose mille questions sur ma vie, mes amours et mon travail. Je choisis de passer sous silence mon actualité tumultueuse et réponds patiemment à chacun. Je fais connaissance avec les amies de Nanou : Antoinette, mais aussi Paulette et Pierrette. Que des noms en -ette. Je souris à cette pensée. Le quatuor, très soudé depuis plus de quarante ans, l'est devenu plus encore depuis la mort des maris des unes et des autres.

— Vous allez faire quoi de la maison, ma petite ?

C'est Antoinette qui a posé la question, et elle ne surprend que moi. La petite équipe de vieilles dames est suspendue à mes lèvres.

— Moi ? Euh, rien… Elle n'est pas à moi !

Je proteste d'une voix suraiguë, sans comprendre pourquoi j'aurais quoi que ce soit à voir avec cette maison.

— Ah si ! J'en suis sûre. Natacha vous aimait comme sa petite-fille, et elle a tout préparé pour vous. Je le sais parce qu'elle m'a demandé d'être témoin, ou je ne sais quoi, pour son testament. Vous n'êtes pas au courant ?

— Non ! Pas du tout !

Je crie presque et, remarquant les airs inquiets autour de moi, je poursuis, d'une voix plus calme :

— Je ne suis au courant de rien. Vous savez, je ne

voyais plus Nanou depuis des années. On se téléphonait, on s'écrivait parfois, c'est tout. On n'était pas aussi proches que je l'aurais voulu. Je reportais sans arrêt ma venue ici, et maintenant c'est trop tard…

— Oh ! mon petit, ne pleurez pas ! Les regrets ne servent à rien, vous le saurez quand vous serez aussi vieille que nous.

Paulette, qui vient de parler, est très élégante, avec un chignon lâche qui donne l'impression que ses cheveux sont une masse de coton blanc sur le dessus de sa tête. Elle porte une jolie robe noire et un collier de perles. Elle est plutôt ronde, son visage n'a presque pas de rides, et ses yeux bleus rieurs lui donnent des airs de jeune fille. Je lui souris tristement et lui presse doucement la main.

Comme nous avons toutes fini notre café, mes nouvelles amies me proposent un petit tour du quartier. Je n'ai pas grand-chose de mieux à faire et je suis heureuse de retrouver des souvenirs d'enfance. Je me souviens qu'à l'époque c'était un quartier un peu mal famé, et que mes parents ne comprenaient pas ce que Nanou était venue faire ici. Elle avait vendu la grande maison où elle avait vécu avec son mari dans la banlieue cossue de Lille, et avait acheté cette petite maison typique du Nord. Je n'en ai pas vraiment de souvenir précis, car je n'y suis allée que quelques fois, et ma mémoire me fait défaut. Je me souviens du nom de la rue, car je le trouvais très joli. Rue de l'Espoir. Je m'imaginais toujours que les gens ne pouvaient qu'y être heureux. Je suis curieuse de savoir ce qu'elle a fait de sa petite maison au fil des années.

Nous passons près d'un grand parc de jeux, où des enfants jouent après l'école. Il n'existait pas quand j'étais petite, et me semble vraiment récent. Je remarque avec étonnement que plusieurs boutiques indépendantes survivent. Mon nouveau trio de copines s'improvise guide touristique. Elles me racontent les histoires de quartier, la vie des uns et des autres. Nous passons devant les écoles, et je vois des bambins en sortir en sautillant…

Au bout de quelques mètres, nous apercevons le joli panneau annonçant la rue de l'Espoir et arrivons devant la maison de Nanou. C'est une maison de briques de deux étages, étroite et minuscule. La façade est très jolie, mais la vieille porte et les volets fermés lui donnent des allures de maison hantée.

— Et voilà, ici, ça pourrait être chez toi.

— Mais puisque je vous dis que non, Antoinette. Vous êtes têtue, quand même !

Ses deux amies s'esclaffent, avant de me prendre par le bras pour continuer notre balade.

Nous arrivons bientôt devant un immense bâtiment, et la grande plaque apposée au mur principal m'indique que c'est ici que mon entreprise s'installera dans quelques mois. Un grand espace vert entoure l'édifice majestueux, et quelques mamans et leurs poussettes croisent de jeunes cadres dynamiques et des hipsters qui vont et viennent.

Je prends quelques instants pour observer les lieux. C'est sûr que c'est très différent de nos bureaux parisiens, coincés entre d'immenses buildings sans âme. Pour la première fois, je réussis à me projeter ici. Évidemment, la petite maison serait vraiment pratique, à deux pas du boulot. Cette rue pourrait si bien porter son nom pour moi qui manque tellement d'espoir, en ce moment… Mais non, pas de plans sur la comète, ce ne sont que des élucubrations de vieilles dames. Cette maison va sans doute être vendue. Et quand bien même Nanou me l'aurait léguée, je n'aurai pas les moyens de payer les frais de succession, encore moins les travaux pour la remettre au goût du jour. Il y a des immeubles juste à côté ; j'y trouverai sans problème un appartement à louer.

Malgré les supplications de mes nouvelles amies, je préfère rentrer dans le centre pour me perdre dans les rues du Vieux Lille avant d'aller manger. J'ai tellement souvent entendu parler de ce quartier sans jamais n'y avoir mis les pieds que j'ai très envie de le découvrir.

Rapidement, ses pavés se révèlent assez peu compatibles avec mes escarpins à hauts talons. N'ayant pas le courage de revenir à mon hôtel, je m'arrête dans une boutique pour y acheter une paire de ballerines plus confortables. Je laisse alors mes pas me mener dans des rues aux noms aussi exotiques que la rue des Chats bossus, ou encore la place aux Oignons. Malgré le froid, il y a énormément de vie dans les rues ; je vois même des gens en terrasse siroter un verre de vin en fumant une cigarette.

Mon estomac grogne et me rappelle que je n'ai rien avalé de plus qu'un café depuis ce matin. J'avise donc un estaminet à la déco surprenante et y entre pour déguster quelques spécialités locales. Une fois mon repas avalé, je rentre à l'hôtel en prenant mon temps, aidée de mon fidèle GPS qui me permet de ne pas me perdre. Je ne peux m'empêcher de penser à ce que m'a dit Antoinette, et me demande qui va hériter de la maison de Nanou. À part nos rares contacts, je ne sais pas si elle continuait à voir d'autres personnes de la famille. Il faut dire que, du côté de ma mère, les liens du sang ne sont pas vraiment essentiels…

Chapitre 4

Le lendemain, un nouveau covoiturage m'attend et, quand j'arrive au lieu de rendez-vous, je me rends compte que le trajet va être long. Très long. En effet, nous sommes cinq, pas franchement filiformes, dans une voiture minuscule. Il n'y avait pas grand choix quand j'avais réservé, et une chose est sûre, nous n'aurons pas froid pendant le trajet.

Chacun dépose son petit sac dans le coffre, et nous partons en direction de Paris. Deux de mes covoitureurs s'y rendent pour participer à un Salon, et les deux autres sont des étudiantes qui vont retrouver des copines du lycée allées faire leurs études à la capitale. Malgré la promiscuité pas forcément très agréable, nous passons un bon moment à discuter tous ensemble, et le trajet me semble très court.

J'arrive un peu avant midi à mon appartement, où je croise le facteur qui me tend un courrier à signer. D'instinct, mon ventre se serre quand je signe le document et prends l'enveloppe. Recevoir un recommandé est rarement signe de bonnes nouvelles. L'enveloppe porte l'en-tête d'un notaire lillois. Et si Antoinette avait raison ? Je n'ai pas beaucoup plus d'informations lorsque je l'ouvre. Je suis convoquée chez le notaire dans quelques jours. À Lille évidemment. Décidément, le destin veut absolument me faire passer un maximum de temps dans ma

– peut-être – nouvelle ville ! Je rentre précipitamment dans mon appartement et lance mes sacs en vrac dans un coin de la pièce. Brrr, j'avais baissé le chauffage en partant, et il fait un froid polaire chez moi.

Ces derniers jours, j'ai énormément de difficultés à trouver des activités. Pendant les deux années que j'ai passées avec Tristan, j'ai plus ou moins perdu de vue mes amis pour des raisons diverses. Pour être complètement honnête, c'est surtout parce que la plupart ne pouvaient pas le supporter. D'autres ont déménagé, certains sont devenus parents et se sont éloignés… J'ai sympathisé avec les copines des meilleurs potes de Tristan mais, depuis qu'il m'a quittée, je n'ai eu aucunes nouvelles.

Me voilà donc seule au monde ou presque. Bizarrement, le proverbe qui dit qu'il vaut mieux être seul que mal accompagné colle très bien à ma réalité. Je me fais des marathons de séries ou de films, retrouve le plaisir d'aller au cinéma toute seule ou de déambuler dans les rues sans but précis. Heureusement, je ne suis pas totalement isolée ; je m'entends bien avec plusieurs collègues, avec qui je fais des *after works* et des restos de temps en temps. A priori, ce sont des personnes qui partiront elles aussi à Lille, à l'exception de deux filles qui préfèrent démissionner et rester à Paris.

Prise d'une inspiration soudaine, je décide de me mettre à un grand nettoyage. Il va être utile, puisque je vais devoir quitter mon appartement tôt ou tard. Mon voisin du dessus ne m'a encore rien dit, mais quand je le croise, je vois bien à son regard qu'il a hâte que je débarrasse le plancher. Je me change, troquant ma tenue contre le combo parfait des ménagères : bas de jogging/sweat ridicule/chignon en bordel. Et pour me donner du courage, je mets en route ma playlist des années 1980. Qui dit nouvelle vie, dit grand tri !

Je sors des cartons et fais trois tas : je jette/donne,

je garde, je ne sais pas encore. C'est ce dernier tas le plus important. J'y mets des fringues que je n'ai jamais portées (j'en découvre même certaines ; je n'ai pas du tout le souvenir de les avoir achetées), des cadeaux un peu hasardeux de Tristan ou de ses amis que je n'ose pas jeter, et tout un tas d'accessoires qui m'ont paru absolument nécessaires sur le moment, et que je garde « au cas où » depuis des siècles.

Au bout de deux heures, je suis épuisée, et mon salon ressemble au stand d'une brocante. Le carton « À jeter » est presque vide, et je n'ai pas assez de place dans les deux autres. Je sursaute en entendant mon interphone grésiller. Ça fait bien longtemps qu'il ne sonne plus, mais émet plutôt une sorte de cri plaintif, assorti de bruits parasites. Je ne l'ai jamais fait réparer car je ne reçois presque jamais personne ici, et n'en ai pas vraiment besoin.

Je décroche sans reconnaître la voix et, en désespoir de cause, appuie sur le bouton d'ouverture. J'entrouvre la porte et me retrouve nez à nez avec Tristan. Il détaille d'un œil circonspect mon accoutrement et hausse un sourcil en entendant brailler *Wake Me Up Before You Gogo* de Wham, derrière moi. Comme à son habitude, il est tiré à quatre épingles et porte un gros duffle-coat bleu marine sur un pantalon de la même couleur et des boots en cuir. Même son bonnet et son écharpe en cachemire sont classe. C'est sûr qu'avec mon jogging défraîchi et mon sweat « I'm a Barbie Girl » fuchsia je ne joue pas dans la même catégorie.

— Tristan ? Qu'est-ce que tu fais là ? Enfin, je veux dire salut. Euh. Ça va ?

— Salut. Ça va.

Un silence gêné s'installe, et je m'efface pour le faire entrer. Il tient au bout du bras un cabas de courses.

— Merci, je ne vais pas rester longtemps. Je te

rapporte quelques affaires que j'ai retrouvées. Tu les as oubliées le jour où tu es partie.

Je prends le sac qu'il me tend et en inspecte l'intérieur. En fait d'affaires à moi, il s'agit en réalité d'objets que je lui avais offerts pour humaniser son appartement. Des bougies, un cadre photo avec une photo de nous deux prise lors de nos dernières vacances, un joli plaid douillet. Maintenant qu'il m'a rendu tout ça, son appartement va pouvoir redevenir totalement impersonnel.

— Oh. Tu sais, ça s'appelle des cadeaux. Ça veut dire que je te les ai offerts et qu'ils sont à toi, maintenant.

— C'était vraiment gentil de ta part, mais je n'en ai pas besoin. Tu as toujours essayé de mettre ta touche un peu bohème chez moi, mais je n'ai plus à supporter ça. Je ne veux pas être méchant… d'ailleurs, j'aurais pu tout simplement mettre ça à la poubelle, mais je voulais aussi prendre de tes nouvelles, savoir si tout allait bien pour toi.

En disant ça, il jette un regard circulaire sur la pièce, propre mais surtout jonchée d'objets hétéroclites que je ne parviens pas à trier. Mon regard se pose sur le lit, au milieu de la pièce, et sur le pyjama licorne en polaire posé dessus. Le rouge me monte aux joues et je l'invite à passer dans la pièce d'à côté pour prendre un café. Il me suit en inspectant les lieux d'un air critique.

— Je n'ai jamais compris ce que tu trouvais à cet appartement. Il est vraiment mal fichu ! Où en es-tu de ton déménagement, au fait ? Tu as trouvé un autre endroit où vivre ? J'imagine que ton voisin ne va pas attendre longtemps que tu te décides à partir.

Je lui fais part des dernières nouvelles, de mon possible déménagement, de la mort de Nanou, mais je tais la partie concernant le notaire, préférant garder ça pour moi. Il y a encore quelques semaines, il aurait été le premier vers qui je me serais tournée pour obtenir un avis sur la question, mais aujourd'hui, je le regarde presque comme un étranger qui détonne dans mon univers. J'aurais espéré un peu de sollicitude, qu'il comprenne ma peine d'avoir perdu Nanou alors que je ne l'avais pas vue depuis longtemps, mais non.

— Ouais, les personnes âgées, ça meurt, c'est comme ça, c'est la vie. Bah, peut-être qu'elle te laissera quelque chose. Ça te permettra de te trouver un endroit où vivre. Et puis, à Lille, j'imagine que tu trouveras à te loger pour pas cher. Ma pauvre, c'est l'horreur ! Tu vas nous faire un remake de *Bienvenue chez les Chtis*, ça va être marrant. Enfin, pas pour toi… Qui voudrait aller vivre à Lille, franchement ?

Je n'en crois pas mes oreilles. Je suis tellement éberluée que je ne parviens même pas à lui répondre. Sans se rendre compte de mon trouble, il poursuit :

— Bon… Sinon, je voulais te dire quelque chose. Voilà, je ne sais pas si tu as encore des contacts avec la bande, mais je préfère t'en parler avant que tu ne l'apprennes par quelqu'un d'autre… Depuis quelque temps, je sors avec Katie.

Il s'arrête, détourne les yeux, puis les pose à nouveau sur moi, attendant ma réaction. Les mots mettent un moment avant de réussir à sortir de ma bouche, tant la boule qui vient de se former au fond de ma gorge est énorme.

— Katie ? Depuis quelque temps ? On n'est plus ensemble depuis même pas deux mois ! Comment ? Enfin, comment tu peux sortir avec elle depuis « quelque temps ». Enfin, je veux dire… Comment tu peux sortir avec elle tout court ! Cette fille est chiante comme la pluie !

Oups. C'est sorti tout seul. En même temps, c'est vrai. Non seulement il me remplace en moins de temps qu'il ne faut pour le dire, mais encore avec la pire fille de la bande ! Ça ne m'étonne qu'à moitié, cela dit, je savais qu'elle attendait ça depuis toujours. C'est la petite sœur d'un des meilleurs potes de Tristan. Elle est entrée dans leur groupe car elle est très sportive. Elle fait, elle aussi, des trails à haut niveau. C'est bien simple, sa vie ne tourne qu'autour de ça. Sa discussion aussi. Elle ne sort pas, ne va pas au cinéma, encore moins au restaurant – si ce n'est pour grignoter une feuille de salade et du blanc d'œuf–, se couche à 21 heures tous les soirs car elle se lève à 5 heures du matin pour aller courir. Évidemment, elle n'a pas un gramme de graisse, et doit peser cinquante kilos toute mouillée. Je n'ai jamais accroché avec elle. C'est réciproque, parce que nous n'avions aucun sujet de conversation possible, Quand nous nous retrouvions ensemble, elle ne cessait de m'envoyer des piques en se demandant ce que Tristan faisait avec une fille qui ne partageait pas son amour du sport. Et donc, nous y voilà.

— Elle n'est pas chiante, elle ne partage pas tes passions étranges pour les séries télé ou le chocolat en plaques entières, c'est tout. Nous nous entendons très bien, nous avons énormément de points communs, et ça se passe très bien entre nous. J'estimais que c'était à moi de te prévenir. Ce n'est pas la peine d'être blessante. Sur ce, je te laisse à ton ménage et ta musique d'un autre temps. On a un trail de dix-sept kilomètres ce week-end, on est en pleine prépa.

Sur ce charmant tacle envers ma personne, il se lève et prend son manteau, avant de se diriger vers la porte. En passant près d'un carton, il aperçoit un cadeau qu'il m'a fait, une tenue de sport taille 44 que je n'ai jamais portée (parce que je ne fais pas de sport, mais aussi parce que je fais du 42) et se tourne vers moi.

— Je vois que tu n'as pas la même honnêteté que moi concernant les cadeaux. Mais je ne sais pas vraiment ce que je pourrais faire de ça. C'était l'époque où je pensais que tu pourrais encore changer. Que j'étais naïf !

Une énorme envie de lui lancer au visage le premier truc qui me tombe sous la main s'empare de moi, mais avec un self-control digne de Gandhi je le raccompagne à la porte et lui souhaite une bonne journée.

Puis, je pousse un grand cri et donne un coup de pied dans un carton.

— Aïe ! Merde ! Quel con !

Chapitre 5

Une fois encore, je réserve un covoiturage pour aller à Lille. Ça commence à devenir une habitude, et ça n'est pas fini ! Entre le déménagement de mon équipe, le mien et ce mystérieux rendez-vous chez le notaire, je vais encore me coltiner un certain nombre d'allers-retours. Heureusement, mon entreprise nous offre des jours de congés, afin de nous préparer au mieux. Il y a quelques jours, j'ai officiellement accepté la proposition de venir travailler à Lille. Nous ne serons finalement qu'une vingtaine à peine à bouger, la direction ayant restructuré certaines équipes. Le service juridique dont je fais partie et les équipes commerciales et marketing seront les seules à être délocalisées. L'équipe de direction ainsi que les autres services resteront en région parisienne, mais dans d'autres locaux. Je les soupçonne de vouloir faire des économies, car les bâtiments que nous occupons coûtent très cher. L'un dans l'autre, l'installation dans un endroit moins coté d'une part et à Lille d'autre part sera bien plus intéressante financièrement, sur le long terme. Comme tous ceux qui ont accepté de déménager, je bénéficie de pas mal d'avantages : des jours de congés supplémentaires, une aide au déménagement, mais aussi l'avance du dépôt de garantie pour trouver un nouveau logement. Pour l'instant, je ne m'en suis pas préoccupée, même si ça va arriver vite.

Je me réveille aux aurores le jour du rendez-vous. J'ai mal dormi et passé mon temps à me retourner en essayant d'imaginer ce qui m'attend. Je ne peux m'empêcher de penser à ce que m'a dit Antoinette à plusieurs reprises. Hériter de la maison de Nanou résoudrait pas mal de mes problèmes, mais je ne sais pas à quoi m'attendre quant à son état. Nanou était très âgée, et je ne l'imagine pas avoir fait de gros travaux, ces dernières années. Si je dois tout refaire, je risque de me retrouver sur la paille. Stop ! Il ne sert à rien de faire des plans sur la comète, je verrai bien ce que me dit le notaire – qui s'avère être une notaire.

Je finis par me lever vers 6 heures, aussi épuisée que lorsque je me suis couchée. Après une douche écossaise grâce à la tuyauterie défaillante de mon appartement, je me poste devant mon placard pour choisir une tenue. Je sais que c'est idiot, mais j'ai envie de faire bonne impression, comme pour un entretien d'embauche. Pourtant, je ne pense pas que la notaire me refuserait un éventuel héritage, si je venais au rendez-vous en jean déchiré et baskets, mais je considère cette journée comme un hommage à Nanou. Je veux me faire belle pour elle, pour qu'elle remarque que j'ai fait attention à mon apparence, si elle me voit de là où elle est.

Mon cœur se serre à cette pensée. Je ne suis pas croyante, mais parfois je me dis que ça m'aiderait à accepter ce genre de chose. Je sors une jolie robe d'inspiration vintage, d'une belle couleur émeraude. Son décolleté en cœur est rehaussé d'un fin liseré blanc et de petits boutons dorés. Sa jupe en corolle et sa longueur sous le genou seront confortables pour voyager. Pour ne pas me faire avoir une fois encore par les pavés du Vieux Lille, je préfère une paire de derbies confortables aux escarpins que j'ai portés la dernière fois. Je prends un soin tout particulier à mon maquillage et à ma coiffure en pensant à la carrière passée de Nanou. Je sais qu'elle a été une vedette de music-hall dans les années 1950, une époque révolue où c'était la grâce et le talent qui facilitaient la renommée des artistes. Je n'en sais pas beaucoup plus de cette époque qu'elle évoquait peu devant nous.

À 8 heures tapantes, je suis au point de rendez-vous pour rencontrer mon covoitureur, un monsieur de soixante-cinq ans prénommé Jacques. Je vois bientôt sa petite citadine piler devant moi. Je suis la seule passagère, et nous prenons rapidement la direction de Lille.

Le trajet se passe plutôt agréablement, si ce n'est que Jacques roule dangereusement au milieu de la route et que, plus d'une fois, les autres automobilistes sont obligés de faire des embardées sur le côté pour ne pas être touchés. C'est pourtant en un seul morceau que nous arrivons. Comme Jacques fait lui aussi un aller-retour dans la journée, nous convenons de nous retrouver au même endroit en fin d'après-midi.

Mon rendez-vous étant à 14 heures, j'ai le temps de me balader un peu dans le Vieux Lille, où est situé l'office notarial. Je passe devant pour m'assurer de retrouver l'adresse le moment venu et je continue en flânant au gré de mes envies, le nez en l'air, admirant les bâtiments. Je décide de déjeuner dans un tout petit restaurant japonais à la décoration minimaliste, et me régale d'un ramen qui me réchauffe. Ces derniers jours, le froid s'est vraiment installé, et mes chaussures légères ne me tiennent pas chaud.

Un peu avant 14 heures, j'entre dans la petite cour qui donne sur l'office notarial. Je ne patiente que quelques instants avant qu'une brune dynamique ne vienne me chercher.

— Bonjour, vous êtes Alice Gaillard ? Enchantée, je suis Sophie Cadet-Diot. C'est moi qui me suis occupée du testament de Mme Sobczak. Je vous en prie, suivez-moi !

Je la suis docilement en admirant l'intérieur de cet hôtel particulier très chic. Dans la salle d'attente, des écrans affichent des vidéos publicitaires incitant les gens à faire appel à un notaire pour la gestion de leur patrimoine. Je ne me sens pas du tout à ma place et presse le pas pour rejoindre Me Cadet-Diot, qui m'avait devancée. Nous entrons dans son bureau, et elle s'installe derrière une énorme table en acajou. Je l'observe discrètement et, instinctivement, lui fais confiance. Ses grands yeux bleus un peu cachés par une large frange sont pétillants et presque malicieux.

— Bon, mademoiselle Gaillard, entrons dans le vif du sujet, vous le voulez bien ? J'imagine que vous avez une idée de la raison qui vous amène ici.

— Je sais que je suis ici pour l'ouverture du testament de Nanou… Enfin de Mme Sobczak. Et euh… je suis toute seule ?

— Oui, effectivement. Mme Sobczak a souhaité que je vous remette tout d'abord cette lettre.

Me Cadet-Diot prend une longue enveloppe au beau papier satiné et me la remet.

— Si vous le souhaitez, je peux vous laisser la lire seule, ça ne me pose aucun problème.

— Oh. Euh, je… Je ne sais pas… Oui, je veux bien.

— D'accord, je serai dans le bureau d'en face. Quand vous aurez terminé, vous me le direz. Vous voulez un café ?

— Oui, merci.

Elle hoche la tête et s'éclipse, en refermant la porte derrière elle. Je prends une grande inspiration et ouvre l'enveloppe. J'en sors une feuille du même papier et commence à lire la lettre de Nanou.

Alice,

Ma toute petite, ma Kwiatuszku[1]*,*

Je t'écris ces quelques lignes, assise dans le fauteuil où je t'ai raconté tant d'histoires.

Si tu lis ces lignes, c'est que je ne suis plus là. Mais ne sois pas triste, je suis partie rejoindre mon grand amour. Je l'ai perdu trop tôt, et jamais personne n'a pu le remplacer. Dans mon cœur, il y avait pourtant tellement de place pour l'amour ! Tes visites et celles de tes parents illuminaient mon quotidien, et mon cœur s'est brisé une deuxième fois quand vous n'êtes plus venus.

J'attendais tes appels avec impatience. J'aurais tellement voulu que tu viennes me voir.

Si je t'écris aujourd'hui, c'est que je sais que tu liras ces lignes après mon décès dans l'étude de mon notaire. Le cancer me ronge et va gagner la bataille. Je le combats depuis des années mais, cette fois, il est le plus fort. Tu le découvres et tu te demandes sans doute pourquoi je ne t'ai rien dit. C'était mon combat, je ne voulais pas te mêler à ça. Pendant nos conversations, je préférais te parler des films que j'avais vus, et t'écouter me parler de tes amis et de ton amoureux. Le cancer n'est pas un sujet de conversation, c'est un ennemi contre lequel on lutte.

Si tu es là aujourd'hui, c'est parce que j'ai voulu faire de toi mon unique héritière. Ne sois pas étonnée, tu es ma seule famille, en tout cas la seule qui comptes. M[e]* Cadet-Diot t'expliquera tout, elle est merveilleuse*

1. Kwiatuszku : « ma fleur » en polonais.

et m'a beaucoup aidée à tout mettre en ordre pour toi. Je te laisse ma maison, fais-en ce que tu voudras. Je sais que ta vie est à Paris mais qui sait, ça pourrait changer. C'est une maison où il fait bon vivre et où tu pourrais être heureuse, avec ou sans ton amoureux. Permets-moi de te donner mon avis, après tout je suis morte, j'en ai bien le droit : je pense que tu serais plus heureuse sans lui.

Je laisse Me Cadet-Diot t'expliquer le reste. Je t'embrasse et te souhaite d'être heureuse. Tu le mérites. N'oublie jamais que tu es formidable.

Nanou

Les joues baignées de larmes, je lis et relis ses mots sans parvenir à y croire. Elle me lègue sa maison. C'est incroyable ! Antoinette avait donc raison et, une fois de plus, le destin fait que ma nouvelle vie à Lille commence plutôt bien. Le temps de reprendre mes esprits et de respirer un grand coup, j'ouvre la porte : Me Cadet-Diot est dans la pièce d'en face, en pleine discussion avec un collègue. Elle lève les yeux et m'aperçoit, fait couler un café en passant devant la machine, et me l'apporte avec un mouchoir.

— Ça va ? Vous avez l'air bouleversée. Le contenu de la lettre est difficile à lire ? Oh ! ne me dites pas, ça ne me regarde pas.

— Ce n'est pas grave. Oui, c'était dur. Parce que je l'ai abandonnée et que, jusqu'au bout, elle a espéré me revoir.

— Je suis certaine que vous avez agi au mieux. Malheureusement, on ne peut pas toujours faire ce qu'il faut, et vivre avec des regrets ne sert à rien. Je vous en prie, asseyez-vous. Si vous êtes prête, nous allons procéder à l'ouverture du testament. C'est moi qui l'ai enregistré, en présence de deux témoins. Elle vous a nommée légataire universelle, c'est-à-dire que vous êtes la seule héritière. Comme vous le savez peut-être, Mme Sobczak était une artiste et, tout au long de sa carrière, elle a gagné et placé – très intelligemment, je dois dire – une forte somme d'argent. Elle a tenu absolument à vous léguer sa maison, mais également une somme qui couvrira les frais de succession et les travaux que vous devrez mettre en œuvre, si vous souhaitez conserver la maison. Rien ne vous y oblige, et vous pouvez tout simplement la vendre en l'état. C'est une jolie maison de ville dans un quartier en expansion ; vous pourriez en tirer une belle somme. Mais Mme Sobczak a toujours dit qu'elle était sûre que vous viendriez y vivre.

Me Cadet-Diot m'explique en détail comment va se passer la succession, et je perds rapidement le fil, perdue dans les termes techniques et émue aux larmes. Ce que je comprends, c'est que, si je le souhaite, dans six mois environ, peut-être moins, je serai propriétaire d'une maison dans laquelle je pourrai faire des travaux pour y vivre. Et sans que ça ne me coûte personnellement un centime. C'est tout bonnement incroyable ! Tout a été planifié, prévu. Moi qui n'ai jamais réussi à mettre un centime de côté et qui paie mes factures systématiquement en retard, je suis admirative. J'ai l'impression de retenir ma respiration depuis des semaines et de bénéficier enfin d'un air pur. Ma vie, qui a explosé en mille morceaux, est sur le point de repartir sur des bases solides.

Je quitte l'étude un peu sonnée, comme si je m'éveillais d'un rêve qui me paraît trop beau pour être vrai. Me Cadet-Diot se tient à ma disposition pour toute question et m'enverra dans les jours qui viennent toutes les informations nécessaires. Dans les semaines à venir, je pourrai convenir d'un rendez-vous pour visiter la maison, avec son secrétariat. Je suis très partagée, entre hâte, curiosité et tristesse infinie. J'ai rangé tout au fond de ma mémoire les souvenirs liés à cette maison, et je sais que le simple fait d'y retourner me frappera au cœur.

Chapitre 6

Quelques jours après ma visite à l'office de Me Cadet-Diot, je reçois un appel d'un numéro que je ne reconnais pas. D'habitude, je ne réponds pas à ce genre d'appel, mais la vie me réserve tellement de surprises, ces derniers temps, que je décide de décrocher.

— Alice, mon petit, comment allez-vous ? C'est Antoinette, l'amie de Natacha. Je me permets de vous appeler, car je voulais prendre de vos nouvelles.

— Oh ! Antoinette, ça me fait plaisir de vous parler ! Comment allez-vous ?

— À mon âge, ça va toujours ! Quand ça ne va plus, c'est qu'on est mort ! Alors, vous êtes allée voir Me Cadet-Diot, n'est-ce pas ? Que vous a-t-elle dit ?

Je lui explique en quelques mots ce qu'elle sait déjà, puisqu'elle a été le témoin de Nanou. Nous bavardons ensuite de choses et d'autres, du temps qu'il fait aux dernières nouveautés cinéma. J'apprends avec amusement qu'Antoinette est très branchée pour une personne de quatre-vingts ans. Elle est accro aux réseaux sociaux, mais aussi aux jeux vidéo qu'elle pratique visiblement à un très bon niveau. Nous parlons ensuite du déménagement de mon entreprise qui arrive à grands pas. Avec tout ça, je n'ai pas du tout commencé à chercher un logement. Je sens d'instinct que je vais vivre dans la maison de Nanou, mais ça ne se fera pas avant plusieurs mois. Je fais part de mes interrogations à Antoinette qui, en quelques mots, me coupe le sifflet avec la plus adorable des propositions.

— Moi, j'ai une idée. J'habite une grande maison à deux étages. J'ai installé un de ces monte-escaliers pour les vieux pour accéder au premier, mais je reçois peu de monde, alors le deuxième étage est presque toujours désert depuis des années. Il y a une grande chambre et un espace avec une douche. Ça n'est pas le grand luxe, mais si vous acceptez de participer un peu à la vie de la maison, je vous accueillerai avec grand plaisir le temps qu'il faut !

— Oh Antoinette ! Vous êtes adorable ! Mais je ne voudrais pas vous déranger. J'imagine que vous avez vos habitudes et, si je viens chez vous, je vais tout chambouler !

— Eh bien, sauf si vous avez l'intention d'organiser des fêtes tous les soirs, ou si vous utilisez des drogues, je pense qu'on devrait s'entendre. Et puis, j'ai un abonnement à Netflix !

— Ah, voilà, je suis convaincue !

Elle rit doucement.

— Je vous propose d'essayer. Si vraiment vous ne supportez pas une veille bique comme moi, vous pourrez toujours louer un appartement. Ça n'est pas ce qui manque, dans le quartier ! Les immeubles poussent comme des champignons. Ma maison est dans la rue perpendiculaire à celle de Natacha… Enfin, de votre future maison, car c'est comme ça que l'on doit l'appeler maintenant. Vous serez donc tout près de votre travail. Ça sera très pratique, vous ne pensez pas ? Non, non, ne me dites rien ! Réfléchissez-y quelque temps et puis, vous me rappelez pour en parler, d'accord ? Allez, prenez un papier et un crayon, je vous donne mon numéro.

J'attrape une enveloppe qui traîne sur mon canapé, un vieux crayon mâchouillé, et griffonne son numéro.

Nous nous saluons chaleureusement avant de raccrocher. Décidément, cette semaine est plein de surprises !

Quelques jours après cet appel, je suis invitée à Lille avec d'autres collègues, pour visiter nos locaux. Nous avons nos habitudes, dans notre quartier, et chacun a des appréhensions sur le futur. Il y a les fashionistas qui ont peur de ne pas avoir de boutiques à proximité, les épicuriens qui craignent de mal manger, et puis la grande majorité, ceux qui ont peur de se retrouver dans des bureaux minuscules, mal isolés, que le déménagement effraie. Je crois que je suis un mélange de tout ça. Même si je suis de plus en plus confiante en l'avenir, j'ai très peur de me sentir isolée dans cette ville qui m'est presque inconnue. Après tout, à part quelques collègues, je ne connais personne. Et dans la mesure où ma future colloc a quatre-vingts ans, il est à peu près certain que je n'irai pas courir les bars avec elle le soir.

Je profiterai de cette escapade pour rendre visite à Antoinette et prendre le thé avec elle, dans la maison où je vais peut-être m'installer quelque temps, mais aussi – si c'est possible – visiter ma future maison. Je n'en suis pas encore propriétaire mais, après une grande réflexion et plusieurs discussions avec mes collègues, j'ai décidé d'accepter l'héritage. Je ne sais pas vraiment dans quoi je m'engage. Me Cadet-Diot a été très optimiste et m'a énormément rassurée. Nanou a bien fait les choses et tout mis en œuvre pour que tout s'arrange bien pour moi.

J'ai failli tomber de ma chaise en voyant le montant versé à l'État dans le cadre d'une succession. J'ai presque envie de ne pas payer mes impôts l'année prochaine, en arguant que je leur ai versé assez d'argent pour le restant de mes jours. Seulement, c'est la loi, et il me restera encore largement de quoi voir venir après. Nanou avait consulté un entrepreneur – un de ses neveux par alliance si j'ai bien compris – pour qu'il estime les travaux à faire, pour remettre en état la maison et au goût du jour. D'après le devis et les courriers échangés, il y a pour trois mois de travaux, si plusieurs corps de métier interviennent en même temps. J'avoue que j'ai parcouru ces documents en diagonale mais j'y reviendrai en temps voulu. La maison ne serait pas habitable le premier mois ; ensuite, je pourrais y camper, en attendant que tout soit terminé. Comme je ne veux pas abuser de la gentillesse d'Antoinette, c'est ce que je ferai. Enfin, je parle comme si tout était réglé, alors que je sais très bien qu'on a toujours des surprises, lors d'un chantier, et que ça peut durer bien plus longtemps que prévu.

Après un appel à Me Cadet-Diot et à Antoinette, je prends le billet de train généreusement offert par mon employeur pour le trajet Paris-Lille.

Il y a quelques jours, nous avons reçu un mémo :

INVITATION

Nous vous attendons dans vos nouveaux bureaux lillois le 17 mars prochain à 9 h 30 pour un petit déjeuner informel et convivial.

Ensuite, vous pourrez découvrir vos espaces personnels, mais aussi rencontrer les salariés des autres entreprises, au cours d'un moment convivial.

Décidément, que de convivialité !

Nous avions déjà des bureaux à Lille, mais la direction profite de notre propre déménagement pour déplacer tout le monde. Nous serons donc dans un lieu immense qui compte pas mal d'entreprises, au cœur d'un quartier résidentiel.

Le jour J, je suis un peu stressée et, comme à mon habitude, je choisis ma tenue avec soin. Je troque mes habituelles lunettes un peu excentriques pour un modèle classique en écaille. Je remonte mes cheveux en un chignon décoiffé et enfile une robe pull grise, avec des bottes cavalières. Comme il fait très froid, en ce moment, je m'enroule dans un manteau en laine bien chaud.

Le train a du retard et c'est presque échevelée que j'arrive dans les locaux. À l'accueil, une jeune femme me toise avant de m'indiquer que tous mes collègues sont arrivés depuis bien longtemps, et qu'ils m'attendent pour commencer. Je bafouille des excuses avant de partir en courant dans la direction qu'elle m'indique.

Notre PDG accueille mon arrivée d'un tonitruant : « Aaaaaaah voilà ENFIN notre Alice ! » Nous discutons et apprenons à connaître les collègues lillois. C'est une équipe très jeune, même les responsables ont moins de quarante ans.

Lors de la visite de la partie du bâtiment que nous allons occuper, nous croisons pas mal de salariés des autres entreprises, qui nous accueillent avec sympathie et bonne humeur. La réputation des Chtis n'est visiblement pas usurpée ! Sans surprise, les équipes commerciales seront en open space sur un grand plateau lumineux dont les immenses baies vitrées donnent sur la Deûle[1] toute proche. Notre équipe, plus petite et composée de quatre personnes seulement, sera installée au même étage, dans un bureau plus excentré et collé à une salle de réunion qui servira de salle de pause de temps en temps. J'espère que nous ne serons pas dérangés par le bruit…

Nous rencontrons nos voisins de bureau, pour la grande majorité des hipsters hyper branchés qui font le bonheur des yeux de Bénédicte, trop heureuse de constater qu'elle va pouvoir draguer le même genre

1. La Deûle est la rivière qui traverse Lille.

de spécimen qu'à Paris. Personnellement, ce genre de mec ne me fait aucun effet, et je réponds poliment à ses coups de coude dans les côtes par un sourire neutre. Une heure dans le bâtiment, et j'ai l'impression que le combo barbe et petit chignon perché sur le sommet de la tête est une sorte d'uniforme essentiel pour travailler ici.

Une personne de la direction de l'espace vient nous souhaiter la bienvenue et nous parler des environs. Nous aurons à disposition des restaurants, des food trucks, mais aussi un lieu où nous pourrons entreposer et faire réchauffer nos propres plats. En plaisantant, il précise que ce dernier endroit n'a encore jamais été utilisé depuis dix ans qu'il existe. Les jeunes startupeurs ne sont visiblement pas des cordons-bleus.

Alors que je m'apprête à quitter le bâtiment, notre directeur des ressources humaines s'intéresse à l'avancée de nos déménagements respectifs. L'entreprise a déployé beaucoup de solutions pour nous permettre de trouver rapidement un logement. Et comme me l'a dit Antoinette, il y a effectivement de nombreux appartements à louer, ce qui fait que pour la plupart d'entre nous c'est en très bonne voie. Il nous annonce donc que, pour ceux qui seront prêts à ce moment-là, nous pourrons emménager dans nos bureaux dans deux mois. Ça me paraît un délai très court mais, dans le même temps, c'est idéal. Mon voisin du dessus sera ravi de savoir que je vais bientôt débarrasser le plancher et, si je peux rapidement aller chez Antoinette, je ferai sans doute partie de la première équipe à arriver. Une certaine impatience s'empare de moi, et la peur a totalement déserté mon esprit. C'est une nouvelle aventure qui s'annonce !

Chapitre 7

J'ai rendez-vous en début d'après-midi avec Antoinette, alors, je grignote rapidement un panini, tout en discutant avec mes futurs collègues. En quelques minutes à peine, j'atteins la grande maison de ma nouvelle coloc, située dans une rue très passante du quartier. Je cherche un moment la sonnette avant de me rendre compte qu'il n'y en a pas, et qu'il faut actionner un heurtoir à tête de lion pour s'annoncer.

J'entends la voix fluette d'Antoinette et son pas précipité. Elle ouvre la porte sur un long couloir où le passage est rendu étroit par un énorme meuble couvert de manteaux et de chapeaux. Au sol, le carrelage ancien est magnifique, et j'aurais presque envie de sortir mon téléphone pour le prendre en photo. Au bout du couloir, j'aperçois le monte-escalier dont elle m'a parlé. Elle m'invite à entrer dans le séjour, un espace assez sombre, effet amplifié par la tapisserie d'un vert très foncé qui recouvre l'intégralité des murs. Un vieux sofa à fleurs fait face à deux fauteuils assortis et, au fond de la pièce, trône une immense table de ferme. Un énorme écran plat accroché au mur dénote dans le décor. Antoinette n'a pas exagéré quand elle m'a dit qu'elle était fan de jeux vidéo et de séries. Cette cohabitation promet d'être intéressante ! Au fond du séjour, une petite cuisine en

L est ouverte sur un petit espace extérieur, simple mais joliment décoré.

Antoinette surprend mon regard curieux et m'annonce que nous ferons le tour du propriétaire après le thé. Elle m'invite à m'asseoir dans l'un des fauteuils dont le moelleux m'étonne. Je manque de finir totalement happée par les coussins.

— Comment allez-vous, mon petit ? Comment s'est passée la visite de vos nouveaux locaux ?

— Parfaitement, merci. C'est un bel espace, lumineux et aéré. J'avais une certaine appréhension en arrivant, mais j'ai été agréablement surprise. Je vais y être très bien !

— Savez-vous que j'y ai travaillé, moi aussi ?

— Vous ? Je croyais que ce lieu n'existait que depuis une dizaine d'années ?

— Tel quel, oui. Mais, avant, c'était une usine textile comme il y en avait des centaines dans la région. J'y travaillais comme ouvrière et mon mari y était contremaître. L'entreprise a fermé quand nous avons pris notre retraite. Le bâtiment est resté très longtemps à l'abandon ou presque. Le quartier était alors assez triste, car il avait perdu son poumon économique.

— Ah oui, ça me rappelle quelque chose. J'ai entendu parler de cette époque dans un reportage à la télévision.

— Eh bien, tout cela, nous l'avons vécu. Nous aurions pu partir, déménager pour nous rapprocher des enfants ou du soleil, mais nous étions très attachés à notre quartier.

— Combien avez-vous d'enfants ?

— J'ai deux garçons, trois petits-enfants et un arrière-petit-fils. Malheureusement, ils habitent tous loin. Le plus grand est au Québec depuis des années, mon deuxième à Lyon. Ma petite-fille vit elle aussi au Québec avec son mari et leur fils. Mes deux autres petits enfants habitent à Lyon. Ils viennent me rendre visite presque chaque année pour Noël, c'est le seul moment où on est tous réunis, pour peu qu'ils réussissent à accorder leurs emplois du temps. Pendant la semaine où ils sont là, la maison est pleine de vie. Ils prennent possession du deuxième étage, là où vous allez vivre. Le reste de l'année, la maison est un peu triste. Heureusement, il y a les séries et les films pour faire vivre ces murs ! J'ai fait installer cet écran ainsi qu'un système de son qui fait qu'on se croirait au cinéma ! Je vous vois sourire, Alice, ne vous moquez pas ! Une vieille bique comme moi peut aimer le cinéma ! Et je ne parle pas des vieux films en noir et blanc ! J'aime quand ça castagne et qu'il y a de beaux mecs ! Ça embellit mon quotidien !

— Oh ! je ne me moque pas ! C'est juste que vous êtes une bien singulière grand-mère. Pas comme celles qu'on voit d'habitude. Je trouve ça génial !

— Avez-vous encore vos grands-parents, ma chère ?

— Non, malheureusement, ils sont décédés il y a longtemps. Je ne les ai presque pas connus. Pendant mon enfance, Nanou était comme une grand-mère de substitution. C'est ce qui rend notre éloignement encore plus triste et regrettable…

— Je comprends, mon petit, je comprends. Que diriez-vous de faire un petit tour de la maison ? Vous avez un peu de temps devant vous ?

— Oui, j'ai rendez-vous avec Me Cadet-Diot à 17 heures, et j'ai choisi un train de retour assez tard. J'ai envie de prendre mon temps, aujourd'hui.

Nous nous levons, et je suis Antoinette dans sa petite cuisine. Elle est simple et fonctionnelle, toute en chêne comme c'était la mode il y a une quarantaine d'années. Sa large baie vitrée permet d'accéder à un jardinet, où un transat semble attendre que le temps s'améliore. Une porte donne sur un garage que la vieille dame n'utilise pas et dont elle laisse l'usage aux propriétaires de vélos du quartier.

Pour accéder à l'étage, elle s'installe dans son monte-escalier et discute, tout en montant dans un horrible grincement. Je me tiens à une distance respectable, un peu inquiète en imaginant la machine lâcher et nous balancer toutes les deux au bas de l'escalier.

Arrivée sur le pallier, j'ai l'impression de débarquer dans une tout autre maison. Plus exactement, d'arriver dans la maison de Barbie. Tout est rose. Mais vraiment tout ! Le sol est recouvert d'une sorte de linoleum imitant un marbre rose pâle aux incrustations plus foncées. L'intégralité des murs et du plafond est recouverte d'un immonde papier peint représentant des fleurs gigantesques qui semblent vouloir nous gober quand on passe près d'elles. Elles seraient capables de me faire faire des cauchemars. Je presse le pas et rejoins Antoinette qui s'est arrêtée devant une large porte de bois.

— Ici, c'est ma chambre. Je ne vous fais pas visiter, je vous laisse imaginer à quoi peut ressembler une chambre de vieille dame. Ici, la salle de bains. Je l'ai fait équiper l'année dernière d'une baignoire pour les vieux. Ça m'embête de devoir installer ces équipements pour impotents, mais que voulez-vous, je n'ai plus mes jambes de jeune fille. C'est malheureux, vous m'auriez vue il y a soixante ans ! Je battais les garçons à la course ! Enfin, c'est fini tout ça ! Maintenant, il n'y a guère que dans mes jeux vidéo que je peux courir. Par contre, je continue de battre les garçons, et ça me plaît !

— Je serais curieuse de vous voir jouer, Antoinette !

— Avec plaisir, mon petit. Allez, continuons. Il ne faudra pas être pressée, il n'y a pas de monte-charge à vieux pour aller au second, alors vous devrez me laisser le temps de monter.

— Ne vous embêtez pas, enfin, je veux dire, si vous voulez, je peux y aller seule. Sauf si ça vous gêne !

— Je peux monter des marches une fois par an, ça ne me tuera pas. Enfin je crois !

Ne me laissant pas le temps de répondre, elle passe devant moi, et commence à gravir l'escalier très lentement, faisant un arrêt à chaque marche. Au bout de longues minutes, nous arrivons à l'étage. La première chambre évoque un dortoir de colonie de vacances. Plusieurs lits sont disposés tout autour de la pièce et, au centre, un grand tapis est recouvert de boîtes de jeux éparpillées, au grand mécontentement d'Antoinette, qui fronce les sourcils en dodelinant de la tête d'un air désapprobateur.

— Ma petite-fille et sa famille étaient là le mois dernier, exceptionnellement. Ils sont revenus quelques jours après les fêtes, car ils se rendaient chez des amis dans le sud de la France, pour un mariage. Visiblement, leur fils a bien profité des jouets. Et ses parents n'ont pas jugé utile de l'aider à ranger. Enfin, bon, on verra ça plus tard. Ici, il y a la chambre. Votre chambre, si elle vous intéresse toujours.

Antoinette se tourne vers moi avec un air à la fois inquiet et interrogateur, attendant mon approbation comme une enfant.

— Je serai ravie de venir ici quelque temps. Si ça ne vous dérange pas, bien sûr !

— Arrêtez de me répéter ça et attendez de voir la chambre, vous allez peut-être la détester.

Elle pousse un petit gloussement, fière de son bon mot. Quand je pense à ce à quoi ressemble le couloir du premier étage, j'ai un peu peur. Si le rez-de-chaussée s'apparente à tous les séjours d'une maison de personne âgée, le mauvais goût semble augmenter au fil des étages. Je m'attends donc au pire quand Antoinette ouvre la porte. Pourtant, je reste bouche bée devant ce que je découvre. C'est bien plus qu'une chambre, on pourrait même dire qu'il s'agit d'un studio d'une vingtaine de mètres carrés. La pièce est entièrement parquetée et peinte en blanc, les plinthes, les encadrements de la porte et de la fenêtre sont d'un très joli gris clair. Des placards en bois occupent un mur entier, tandis qu'en face de la fenêtre se dresse un grand lit adossé à un mur, dont le haut est une verrière qui donne sur une petite salle de douche. Le linge de lit, composé d'une parure et d'une dizaine d'oreillers et de coussins, est dans des tons moutarde et bleu foncé. Au sol, un large tapis douillet donne envie d'y poser les pieds. C'est bien simple, cette pièce pourrait figurer dans un magazine de déco. Je ne parviens pas à réaliser que c'est ici que je vais vivre. Car je n'ai plus aucune hésitation, je suis dans ma nouvelle chambre. Pour quelques semaines au moins !

— Vous n'imaginiez pas ça, n'est-ce pas ?

— Je… Euh… Non, c'est vrai. Cette pièce est magnifique et euh… Très moderne !

— Haha, oui, ma petite-fille est architecte d'intérieur, et elle m'a proposé de redécorer la chambre pour que je puisse la louer de temps en temps. Ça lui a permis de faire son… Ah, comment elle appelle ça, déjà ? Son book ! J'ai accepté pour lui faire plaisir, mais je vous avoue que je ne l'ai jamais louée. Toute la paperasse que ça engendre… Non, ça n'est plus de mon âge ! Alors, elle en profite quand elle vient ! Cette pièce devient parfois un dortoir, quand tout le monde est là. Ils se débrouillent pour se répartir les lits et, bien souvent, ça finit en grande soirée pyjama. Même pour mes fils et leurs épouses, qui ont pourtant passé l'âge ! Ça doit leur rappeler les colonies de vacances !

— Eh bien, votre petite-fille est très douée. Cette pièce est incroyable ! Très belle et vraiment pratique !

Je comprends qu'elle pense à vous la faire louer, vous auriez du succès, ici ! J'imagine qu'avec une si jolie chambre près du métro et donc pas très loin du centre les gens seraient intéressés !

— Peut-être. Seulement, je n'ai pas le courage de gérer ça. Alors, pour l'instant, c'est vous qui allez en profiter, ma petite ! En attendant, il est presque 17 heures et vous allez être en retard pour visiter votre maison ! Allez, filez ! Le temps que je redescende d'ici, il sera déjà l'heure de la soupe !

— Vous êtes sûre, Antoinette ? Je ne voudrais pas vous laisser et que vous tombiez dans les escaliers !

— Ne vous en faites pas, ces deux guiboles sont maigrichonnes et sans force mais, pour peu que je les ménage, elles me mèneront en bas des marches. En un seul morceau !

Je la remercie de la visite et de sa proposition, et lui promets de la rappeler rapidement pour régler les détails de mon séjour chez elle. Ensuite, je file rue de l'Espoir, où j'aperçois Me Cadet-Diot qui m'attend déjà, pianotant sur son téléphone. Elle s'arrête dès qu'elle me voit et me salue en souriant.

— Bonjour, mademoiselle Gaillard. Comment allez-vous ? Vous êtes prête ?

— Bonjour, maître. Ça va, merci. Oui, je suis prête !

Je respire un grand coup avant d'entrer dans la maison. La porte d'entrée serait bonne à changer ; je suis sûre qu'on pourrait entrer dans la maison d'un simple coup de pied. C'est une porte en bois toute simple, et on voit qu'elle a connu de nombreux passages. On entre directement dans un séjour assez sombre, où des meubles recouverts de draps blancs ont des allures de fantômes. Comme chez Antoinette, les murs sont décorés d'une tapisserie sombre qui rapetisse la pièce, qui doit pourtant être de bonne taille.

— Mme Sobczak a passé les dernières semaines de sa vie à l'hôpital. Quand elle a senti la fin venir, elle a demandé à son auxiliaire de vie de mettre les choses à l'abri ici. Vous aurez pas mal de boulot pour vider et vous débarrasser de certaines choses. Je sais que ce n'est pas ce que vous avez envie d'entendre… Je suis certaine que de nombreux objets vous la rappelleront, mais je sais d'expérience qu'il n'est pas bon de vivre dans les souvenirs. La maison est encore pleine de la vie de Mme Sobczak, ainsi que de celle de son mari. Il est évident que vous voudrez garder un certain nombre de ses possessions, cependant il ne faudra pas hésiter à vendre et donner ce qui ne vous sera pas utile.

Je pose le regard sur les meubles et les différents objets qui dépassent des draps. J'ai l'impression d'entrer dans l'intimité de Nanou sans sa permission. Les souvenirs affleurent, et je me revois sur le canapé en train de lire le livre qu'elle m'offrait à chacune de nos visites. Un peu comme dans la maison d'Antoinette, la cuisine se trouve juste après le salon. Le long d'un petit couloir, une salle de bains minuscule semble avoir été installée là au millimètre près. Je ne pense pas que deux personnes pourraient se tenir ensemble dans la pièce occupée pour moitié par une baignoire, tandis qu'en face un lavabo et un petit meuble de rangement laissent difficilement le passage à une personne. Une demi-porte battante mène aux toilettes dans lesquelles je pense qu'une personne de plus d'un mètre soixante ne pourrait pas évoluer. C'est extrêmement mal isolé, et il y règne un froid polaire. Juste à côté, une sorte de niche abrite une machine à laver qui doit avoir vingt ans au bas mot.

Me Cadet-Diot ouvre ensuite une porte vitrée qui donne sur une petite cour envahie par les herbes folles. Nanou n'a pas dû y venir depuis des années, tant on dirait une forêt vierge.

— Comme vous le voyez, il y aura également du travail à l'extérieur, mais une fois le jardinet dégagé, vous aurez un bel espace exposé plein sud !

— Oui, je… Il faut un peu d'imagination. Entre les herbes et le froid, c'est difficile de se projeter.

— Je vois passer pas mal de biens, vous savez. Ici, il y a du travail, mais lorsque ce sera fait, vous aurez une charmante petite maison. On continue à l'étage ?

Elle ouvre une vieille porte de bois qui grince de manière lugubre, et nous commençons l'ascension d'un des escaliers les plus pentus qu'il m'ait été donné d'emprunter. C'est un véritable miracle que Nanou ne s'y soit jamais cassé le cou !

Nous arrivons dans une première petite chambre, uniquement occupée par un lit, une armoire et une table de chevet. Comme tout cet étage, le sol est couvert d'un parquet ancien patiné. L'autre pièce est la chambre de Nanou. Un poids énorme me tombe dessus quand j'y pénètre. Une multitude d'émotions s'empare de moi : tristesse, mélancolie, nostalgie et, surtout, une immense culpabilité. Elle était si seule, et je l'ai abandonnée ! Malgré tout, elle a toujours pensé à moi, jusqu'à la fin.

Sa chambre est à son image, colorée et un peu excentrique. Une imposante armoire normande prend tout un pan du mur, tandis qu'en face de la fenêtre se dresse le plus majestueux des lits à baldaquin. Sur le côté, comme dans une loge de théâtre, une coiffeuse croule sous les parfums, le maquillage et les froufrous.

Je m'avance et laisse mes mains caresser les différents objets. Je prends un vaporisateur de parfum que je porte à mon nez ; je reconnais immédiatement l'odeur de Nanou. C'est un parfum capiteux, très fort, que seule une dame comme elle pouvait porter. Sans même m'en rendre compte, je m'assieds sur le siège couvert de fourrure et me perds dans mes pensées. J'ouvre de petites boîtes et, telle une fillette, me pare de colliers fantaisie et de breloques brillantes. Je suis tirée de mes rêveries par Me Cadet-Diot, qui toussote doucement.

— Mademoiselle Gaillard, si vous le voulez bien, nous allons continuer. Nous avons encore un étage à visiter.

— Oh. Oui, veuillez m'excuser. Allons-y.

Me sentant rougir, je me débarrasse de mes babioles et me lève promptement. Nous sortons de la pièce pour emprunter un escalier encore plus étroit et escarpé que le premier. Sans surprise, Me Cadet-Diot m'apprend que Nanou ne montait plus à cet étage depuis des années. Décidément, les seconds étages des maisons du quartier semblent à l'abandon ! Le palier est encombré de cartons dont sortent des livres, des vêtements, des babioles en tous genres. Nous entrons dans une sorte de bureau rempli de livres, où deux fauteuils en cuir se font face. Un gros cendrier en marbre prend toute la place sur la petite table entre les deux. Je m'attendrais presque à voir débarquer un homme des années 1950 qui viendrait y fumer le cigare entre amis.

— J'imagine que c'est ici le lieu où votre oncle venait se reposer. C'est un très bel espace, et cette fenêtre donne à la pièce une luminosité incroyable.

Je m'avance et inspecte les lieux. La fenêtre est magnifique avec son vitrail sur le haut et nichée dans une alcôve. Elle est entourée de rayonnages remplis de livres, tout comme le mur qui lui fait face. Ça me fait penser à ces chambres, dans les films américains, où les héroïnes s'installent avec un livre et un chocolat aux marshmallows. J'inspecte les titres et reconnais quelques classiques, mais aussi des romans policiers et livres fantastiques parus dans les années 1980. Pour une raison qui m'échappe, je me sens bien ici. Je n'ai aucun souvenir d'être venue dans cette pièce. Lorsque nous rendions visite à Nanou, nous restions au rez-de-chaussée, mais cette bibliothèque m'est familière. Je me laisse tomber dans l'un des fauteuils un peu cabossés à force d'avoir accompagné des heures de lecture.

— En réalité, mon oncle n'a jamais vécu ici. Il est mort il y a très longtemps, vous savez. Ils n'ont été mariés que quelques années. Ma tante a longtemps vécu seule dans la maison qu'ils avaient achetée après leur mariage. Elle était immense, et mes parents n'ont jamais compris pourquoi ma tante l'avait vendue pour venir ici. Il y a une sorte de mystère autour de ces deux maisons, car le sujet est tabou dans notre famille. Bref, cette pièce était donc celle de ma tante !

— C'est que cette pièce est tellement… masculine ! C'est pourquoi j'ai naturellement pensé à votre oncle. Mais Mme Sobczak m'avait dit, en effet, qu'elle était veuve de longue date. J'ai évidemment eu connaissance du décès de votre oncle lors de la succession. Je suis désolée, je crois que je suis un peu fatiguée !

— Ce n'est pas grave. Je comprends.

Elle se racle la gorge, un peu gênée. La visite doit être plus longue qu'elle ne l'avait prévu. En même temps, si je m'assieds dans chaque fauteuil que je croise…

Après un silence, elle reprend :

— Alors, voilà, c'est votre maison. Je pense vraiment que vous pouvez en faire quelque chose de très bien. J'ai vendu plusieurs biens de ce genre, dans le quartier. Une fois l'espace du bas restructuré et la salle de bains montée au premier étage, vous aurez un bel espace de vie.

— Je dois vous avouer quelque chose. Je n'ai pas vraiment regardé les documents que vous m'avez envoyés. L'entrepreneur est un neveu de Nanou, c'est bien ça ?

— Oui, absolument C'est un membre de la famille de

son mari qui est venu. Vous verrez quand vous les lirez, il a fait de nombreuses propositions très intéressantes. Et puis, il a proposé des tarifs extrêmement avantageux. Je vais un peu au-delà de mon rôle, j'en suis consciente, en vous donnant mon avis, ajoute-t-elle en souriant.

— Eh bien, c'est entendu, je regarderai ça une fois que tout sera terminé. Je vous avoue que cette aventure est aussi excitante qu'impressionnante. Je n'ai jamais été propriétaire de grand-chose. Alors, une maison et de l'argent, ça me paraît tellement fou ! Et je ne vous parle pas de coordonner un chantier. Là ça me semble au-delà de mes capacités !

— Oh ! ne vous en faites pas pour ça. Entourez-vous de professionnels qui sauront vous guider, et tout ira bien.

— Dites-moi, j'ai une question… Je ne vous l'ai pas posée jusque-là, car j'ai un peu peur de la réponse… Lors de l'ouverture du testament, j'étais seule. Pourtant, j'imagine que, d'après la loi, ma mère aurait droit à une part d'héritage. Enfin, je n'y connais pas grand-chose…

— Il se trouve qu'avant le décès de Mme Sobczak votre mère a renoncé à tout héritage de sa part. C'est plutôt rare, mais ça arrive. C'est pour cela que l'ensemble vous revient.

Je me demande bien ce qui s'est passé, pour que mes parents coupent les ponts avec Nanou. J'ai toujours pensé qu'il s'agissait d'une histoire d'argent, mais je suis désormais certaine que je me suis trompée pendant toutes ces années. Ça va plus loin. Je m'arrête un instant pour regarder par la fenêtre. J'aperçois les voisins d'en face, deux jeunes hommes en train de jouer de la guitare et de chanter, torses nus. En me voyant, ils me font un signe de la main et, consciente d'avoir être prise sur le fait, je leur rends leur salut timidement.

— J'en apprendrai sans doute plus dans cette maison.

Même si je ne veux pas entrer dans l'intimité de Nanou… Enfin, plus que je ne vais le faire.

— Vous m'avez l'air d'une jeune femme qui a la tête sur les épaules. Je suis sûre que vous saurez trouver la limite à ne pas franchir.

Mood tracker du mois de

mars

J'ai une maison !

Hiiiiiiii !!!

Chapitre 8

Deux mois plus tard

Je contemple l'ensemble de cartons disposés devant moi. Mon séjour est totalement envahi. Moi qui pensais ne pas posséder grand-chose ! Ces dernières semaines, j'ai pourtant réussi à me séparer de beaucoup d'affaires. J'avais amassé tout un tas de trucs, et j'ai eu du mal à abandonner des vêtements ou des objets qui me rappelaient des moments importants de ma vie. La robe que je portais à l'enterrement de mon père, dont la poche est arrachée et que j'ai accrochée à une poignée de porte. La jupe que j'avais choisie pour mon premier rendez-vous avec Tristan, dans laquelle je ne rentre plus depuis longtemps. Ou encore cette paire de chaussures aux talons invraisemblables, achetée sur un coup de tête à Londres, et que je n'ai jamais utilisée.

J'ai décidé d'être adulte et surtout d'arrêter de voir dans les objets le prolongement de moments heureux de ma vie. Le carton où j'avais placé ce dont je ne savais que faire est resté plus d'un mois au milieu de mon salon, avant que je ne me décide à agir. Après avoir calmement pesé le pour et le contre, je me suis rendu compte que je ne tenais pas vraiment à ce qu'il contenait. J'ai vendu une bonne partie des vêtements que je ne portais plus et fait des dons, surtout de vêtements chauds et de babioles qui n'auront rien à faire dans mon nouveau chez-moi. Les quelques meubles que je possède partiront dans un garde-meuble géré par l'entreprise de déménagement sélectionnée par mon employeur.

J'en ai gardé assez peu : mon lit, une commode, ma table, mes chaises et mon canapé. Tout le reste est parti, vendu ou donné. La plupart étaient des meubles récupérés ici et là ; j'en ai profité pour m'en débarrasser. Antoinette m'a prêté un coin de son garage pour que j'y entrepose mes affaires, le temps que je sois officiellement propriétaire de la maison, ce qui devrait arriver bientôt.

Tout s'est enchaîné assez vite et, comme la succession est simple et qu'il n'y a pas de difficulté particulière, je devrais recevoir les clés dans quelques semaines. Une partie des fonds sera débloquée dans le même temps. Je devrais donc pouvoir recevoir l'entrepreneur pour décider avec lui du déroulement du chantier. Mes collègues m'ont conseillé d'en faire venir d'autres, pour avoir différentes propositions. Je le ferai sans doute, si ma procrastination légendaire me le permet…

En d'autres circonstances, ce déménagement m'aurait désespérée. Il m'aurait fallu trouver des bras pour remplir et transporter les cartons, louer une camionnette, gérer les papiers et toute la partie administrative… Heureusement, notre entreprise nous accompagne et c'est un déménageur qui a tout mis en cartons et qui véhiculera mes affaires et celles de mes collègues jusqu'à Lille. J'espère ne pas me retrouver avec les strings de Bénédicte ou les pulls atroces de Romain !

Vers 10 heures, les déménageurs arrivent et embarquent toutes mes affaires. Le cœur serré, j'embrasse du regard mon appartement vide. Je me revois le visiter avec l'agent immobilier qui insistait sur chaque bizarrerie pour en faire un atout. Ce qu'il n'avait pas compris, c'est qu'en passant la porte j'avais presque décidé que cet appartement serait le mien. Je me sentais tellement bien dans cet endroit. Pourrai-je un jour éprouver la même chose ailleurs ? D'autant que cette maison m'est tombée dessus par hasard, sans que je la choisisse. Dans mon appartement, j'ai connu tellement de choses ! Des bonheurs, des galères, des amitiés qui se font et se défont ; j'y ai noyé mon chagrin dans des pots de glace ; j'y suis devenue adulte. Aujourd'hui, c'est une page qui se tourne sur ma vie parisienne. Dans quelques heures, je serai officiellement Lilloise.

Une heure à peine après leur arrivée, les déménageurs ont tout chargé dans le camion et sont prêts à partir. De mon côté, je voyagerai en voiture avec Bénédicte, qui a acheté une petite citadine en prévision de son emménagement à Lille. Elle qui rêvait de campagne et d'un environnement bucolique a quelque peu déchanté en voyant notre environnement de travail. Elle a donc décidé de vivre dans un village situé à une trentaine de minutes de Lille, au beau milieu des champs. Elle y a loué une petite maison aux faux airs de cottage anglais, si je me fie aux photos qu'elle m'a montrées. Je suis sûre qu'elle s'attend à y voir débarquer Jude Law[1]. La vie à la campagne ne me fait pas rêver, et je suis restée assez insensible à ses envolées lyriques me vantant les mérites de l'air frais et de la proximité de la nature. Je préfère la proximité d'un cinéma, de restaurants ou d'une salle de concert. Mais elle est ravie, et c'est bien là l'essentiel.

Je n'ai gardé avec moi qu'une valise contenant mes vêtements et le nécessaire pour vivre quelque temps entre

1. Dans le film (culte) *The Holiday*, l'héroïne, campée par Cameron Diaz, échange sa villa californienne avec la maison anglaise du personnage joué par Kate Winslet. Elle se retrouve alors dans un charmant cottage et, dès le lendemain de son arrivée, le frère de cette dernière, joué par Jude Law, frappe à sa porte.

deux logements. C'est une impression assez étrange, mais pour l'instant, je ne ressens pas le changement aussi définitif qu'il ne l'est. Le fait d'être en transit chez Antoinette pour plusieurs semaines donne à ce déménagement des allures de vacances. Pourtant, dès lundi, je commencerai le boulot dans nos nouveaux bureaux, avec de nouveaux collègues, mais aussi ceux qui arrivent de Paris en même temps que moi. Dès ce soir, Antoinette m'attend pour une soirée séries entre filles.

En début d'après-midi, Bénédicte passe me prendre au volant de sa petite voiture… rose ! Je ne savais même pas que ce genre de couleur pouvait exister pour un véhicule. J'installe tant bien que mal ma valise dans le coffre déjà bien plein, puis m'assieds à l'avant. Bénédicte, fidèle à elle-même, porte une robe-pull d'un rose un peu plus soutenu que sa voiture et des bottes fourrées beiges. Sur ses cheveux blonds si décolorés qu'ils en paraissent blancs, elle arbore un bonnet avec des cerfs et des pompons multicolores. Je ne suis pas toujours d'accord avec elle et elle m'agace très souvent, mais je suis admirative de son aplomb et surtout de sa façon de se foutre totalement du regard des autres. Elle fait ce qu'elle veut tant que ça lui plaît !

Je ne peux néanmoins m'empêcher de m'interroger sur l'intérêt d'une robe en laine et d'un bonnet, à cette période de l'année. Je ne sais pas à quoi elle s'attend en allant vivre à Lille car nous sommes en mai et j'imagine que le temps dans le Nord est plus ou moins le même qu'ici. Elle me rappelle le héros de *Bienvenue chez les Chtis,* qui part avec sa doudoune et s'attend presque à croiser des pingouins…

— Salut, ma belle, alors, prête pour la grande aventure ? Tu n'es pas habillée très chaudement. Tu n'as pas de bonnet ? Je pourrai t'en tricoter un comme le mien, si tu veux ?

— Merci, c'est gentil, mais ça va aller. Tu sais, je crois qu'il fait 20 degrés à Lille. On ne devrait pas avoir besoin d'un bonnet avant le mois d'octobre ou novembre.

— Je suis assez frileuse. Alors, je préfère me préparer au pire.

Nous passons tout le trajet à discuter de notre nouvelle vie à venir. Bénédicte est célibataire, elle aussi, et a hâte de parcourir les bars à la recherche de l'âme sœur. Elle a déjà téléchargé plusieurs applis de rencontres, et semble très optimiste sur les possibilités qui s'offrent à elle. Elle propose qu'on se retrouve dans un bar du centre pour boire un verre et draguer. Je n'ose lui avouer que j'ai prévu de passer mon samedi soir avec une octogénaire, et me contente de lui dire que j'ai déjà des projets. Je lui promets néanmoins d'organiser une sortie avec elle un soir de la semaine. D'après ses sources, il y a un bar grouillant de jeunes cadres dynamiques juste à côté du bureau, le terrain de chasse idéal selon elle. Je la laisse monologuer les derniers kilomètres et finis par m'endormir, bercée par son ton monocorde.

Elle me réveille alors que nous entrons dans la rue d'Antoinette, dont je lui avais heureusement donné l'adresse avant de partir.

— Réveille-toi, la Belle au Bois Dormant, on est arrivées !

— Oh désolée, je me suis endormie. Je n'ai pas été une très bonne copilote !

— Ne t'en fais pas, j'ai bien compris que mes histoires de mecs, de campagne et de jardinage ne te passionnaient pas.

Je m'apprête à mentir une fois de plus. Devant son air goguenard, je me contente de sourire. Sa mâchoire manque de se décrocher quand elle s'aperçoit que ma coloc est une vieille dame à la chevelure blanche et finement permanentée. Son regard fait des allers-retours entre nous ; elle doit s'attendre à ce que je lui dise que c'est en fait la grand-mère de celle avec qui je vais vivre ces prochaines semaines.

Ne voulant pas m'éterniser, je la remercie de m'avoir accompagnée et je file prendre ma valise dans le coffre. Pour couper court à toute réflexion, je lui souhaite une bonne après-midi et rejoins Antoinette dans la maison.

J'installe mes affaires dans ma chambre et constate qu'Antoinette (ou plus sûrement son auxiliaire de vie) a préparé de petites attentions pour moi. Dans la salle de bains, un assortiment de gels douche, de savons et de shampoings me permettra d'être propre les dix prochaines années au moins. Je n'ose pas descendre de peur d'embêter Antoinette, alors je m'installe avec mon PC sur mon lit. Sur la petite tablette incrustée dans le mur et qui sert de table de chevet, j'aperçois un petit papier avec le code du wi-fi. Je souris en me disant qu'elle a vraiment pensé à tout. Après avoir consulté mes mails et réglé quelques formalités, je me décide à descendre. Les déménageurs ne devraient pas tarder à apporter mes cartons, tandis que le reste de mes affaires partira dans l'un de leurs garde-meubles pour y rester quelques mois.

Je la trouve aux fourneaux, en train de sortir du four une dizaine de cookies absolument énormes.

— Ah, je savais bien que vous seriez attirée par l'odeur ! J'ai eu peur de ne pas vous voir de l'après-midi. Vous vous êtes enfermée dans votre chambre sitôt la porte d'entrée passée.

— Oh ! je suis désolée. Je ne voulais pas vous déranger. Je me suis dit que vous aviez peut-être envie de rester tranquille, alors je vous ai laissé un peu d'espace. Je n'ai pas voulu être malpolie.

— Je sais bien, mon petit. Mais c'est un peu égoïstement que je vous ai proposé cette cohabitation. Je suis assez seule et, même si j'ai mes amies près de moi, elles ont aussi leur vie ou tout simplement l'envie d'être tranquilles. Alors, ne vous inquiétez pas. Vous ne me dérangez pas. Je vous ai préparé des cookies et j'ai fait du thé. On va attendre vos cartons. Ensuite, on pourra jouer aux jeux vidéo. Vous aimez ?

— J'avoue être une néophyte en la matière. Vous pourrez m'apprendre, mais je ne vous promets pas d'être une très bonne équipière.

— Ah non, mon petit, vous ne serez pas vraiment mon équipière. Nous allons essayer de survivre, toutes les deux, et si je suis obligée de vous sacrifier, je le ferai. Voyez-vous, je ne suis pas férue de jeux de coopération. Mon truc, c'est de tuer des zombies.

Mes yeux s'ouvrent comme des soucoupes, tandis que je la visualise dans un décor post-apocalyptique à la *The Walking Dead*[1].

— Ah OK, très bien. Eh bien, je serai ravie de dégommer des zombies avec vous, Antoinette. Je suis aussi assez curieuse de savoir comment vous avez commencé dans euh… le milieu.

Nous sommes interrompues par le bruit sourd du heurtoir, qui nous annonce l'arrivée des déménageurs. En quelques allers-retours, ils entreposent mes cartons dans un coin du garage. Il y a déjà tellement de choses que j'essaie tant bien que mal de mettre des couvertures colorées sur mes affaires, afin de les retrouver.

Nous passons ensuite la fin d'après-midi à jouer aux jeux vidéo. À ma grande surprise, je passe un très bon

1. *The Walking Dead* est une série de comics américains scénarisée par Robert Kirkman et transposée en série télévisée depuis 2010. Elle met en scène des personnages qui tentent de survivre face à des morts-vivants.

moment et m'amuse comme une petite folle. Antoinette est désespérée de mon niveau de jeu absolument nul, tandis que je suis littéralement soufflée par la façon dont elle manipule les boutons de sa manette. D'après ce que je comprends, elle joue beaucoup en réseau avec des personnes du monde entier, qui ne s'imaginent pas en train de zigouiller des zombies avec une vieille dame assise dans un fauteuil certainement fabriqué avant même que leurs parents ne soient nés. Elle est vive et rapide et, si ses jambes sont fatiguées, ses mains et ses doigts ne le sont pas. Son esprit encore moins ! Je suis convaincue que si les maisons de retraite investissaient dans des consoles de jeux, ça serait génial. Comme quoi, tout n'est pas toujours « la faute aux jeux vidéo » !

Une fois notre partie terminée, Antoinette me propose une balade le long de la Deûle, pour admirer les péniches. Alors que nous progressons à tout petits pas, elle me raconte des anecdotes sur les environs, qu'elle connaît comme sa poche. Elle a vu évoluer le quartier, qui est passé en quelques années d'un lieu où les ouvriers de l'usine ne côtoyaient que de très loin les contremaîtres, à un endroit rempli de jeunes familles venues s'installer là ces dix dernières années. Même si elle est heureuse de voir la nouvelle dynamique qui s'est créée, son ton dénote une certaine nostalgie des années passées.

Au bout d'un moment, je la sens faiblir et ralentir. Je lui propose alors de nous installer sur un banc pour prendre le soleil qui commence à faiblir. Au bout de longues minutes, elle rompt le silence en se tournant vers moi.

— Mon petit, à quel point connaissiez-vous Natacha ?

— Eh bien… Je la considérais comme ma mamie. Enfin, je ne la voyais plus et parler d'elle était tabou auprès de ma mère, mais même si on ne se voyait pas, j'aimais avoir de ses nouvelles, l'entendre me parler de sa vie ou se remémorer ses souvenirs de jeunesse.

— Elle vous a donc un peu parlé de sa jeunesse ?

— Oui, elle l'évoquait de temps en temps. Jamais de manière continue, plutôt par bribes. Elle rebondissait sur ce que je lui racontais ou sur l'actualité. Je sais qu'elle s'est mariée assez tard pour l'époque, à plus de trente ans. Et qu'elle est devenue veuve très rapidement. J'ignore en revanche de quoi mon oncle est mort, mais apparemment, c'est arrivé très vite. À la suite de ça, elle a hérité d'une petite fortune qu'elle a placée judicieusement. J'ai l'impression qu'elle était plutôt douée pour tout ce qui concernait la finance. Elle a mené carrière dans le music-hall durant de nombreuses années. D'ailleurs, je n'ai jamais compris comment elle avait réussi à faire tout ça à près de quarante ans.

— Avez-vous vu des photos d'elle quand elle était artiste ?

— Non, jamais. J'imagine que j'en verrai quand je ferai du tri dans ses affaires.

— Elle était sublime. Elle paraissait au bas mot dix ans de moins. Quinze peut-être même. Elle avait des cheveux d'un blond tellement clair qu'on aurait pu croire qu'elle se les décolorait. Mais non, c'était naturel. Et ses yeux ! Violets, comme ceux d'Elizabeth Taylor[1]. Et puis, permettez-moi d'être triviale, mais elle était sacrément bien roulée ! Bref, avec tout ça, elle a connu sa petite gloire. Elle a terminé sur les planches des théâtres parisiens. Une fois encore, elle a eu du succès. Elle vivait entre Lille et Paris où elle avait acheté un très bel appartement, qu'elle a vendu lorsqu'elle a tout arrêté. Vous ne la connaissiez pas ainsi ; ces activités-là ont cessé aux environs de votre naissance. Elle était

1. Inoubliable actrice aux yeux couleur améthyste.

très coquette et fière de sa beauté, alors, quand on a commencé à lui proposer des rôles de grand-mère de l'héroïne, elle a tout arrêté. Elle vivait dans cette immense maison que son mari avait achetée pour leur mariage. Elle avait toujours autour d'elle une nuée de personnes venues profiter de son argent. Elle donnait, encore et encore. Et puis, un jour, elle en a eu marre de tout ça. Elle a vendu sa maison et elle est venue vivre ici. Vous auriez dû voir ça ! Les personnes les plus âgées n'en revenaient pas. Certaines l'avaient vue sur scène et elle devenait leur voisine ! Évidemment, des rumeurs ont circulé sur sa vie de débauche et toutes ces bêtises que les gens racontent quand ils sont jaloux.

Peu après son installation, mon mari est décédé et, quelques jours après l'enterrement, elle m'a apporté un plat à réchauffer, qu'elle a proposé de manger avec moi. Elle s'est excusée de ne pas être venue plus tôt et m'a dit qu'elle savait que, parfois, le plus dur n'était pas les quelques jours après la mort de l'être cher. Qu'elle savait d'expérience que le plus difficile c'était quand tout le monde repartait, une fois l'enterrement passé, pour reprendre sa vie. Elle a proposé de venir me voir de temps en temps. Et nous sommes devenues amies.

Au bout de quelques mois, nous avons fait la connaissance de Paulette et Pierrette, veuves elles aussi. Nous étions incroyablement différentes les unes des autres, ce qui ne nous a pas empêchées de devenir inséparables.

Nous avions eu des vies très différentes, nous n'étions pas du même milieu, n'avions pas vécu les mêmes expériences, mais nous étions très proches. Celle de qui j'étais la plus proche, c'était Natacha. Elle m'a beaucoup parlé de sa vie passée, m'a raconté ses secrets, ses blessures. Et puis, un jour, vos parents ont découvert l'un de ses secrets. Ils ne l'ont pas supporté. Ça a été horrible, car Natacha les aimait beaucoup malgré leur foutu caractère. C'est surtout le fait de ne plus vous voir qui lui a brisé le cœur. Je sais que vous étiez jeune et sans doute influencée par ce que vous disaient vos parents. Mais ça a été un moment très difficile pour elle. Elle disait que vous lui ressembliez.

— Pourtant, je suis l'exacte opposée d'elle physiquement. Ce secret, vous voulez bien me le dire ? J'ai essayé d'en parler à mes parents, puis à ma mère après le décès de mon père… Ils ont toujours refusé de me répondre. Ma mère a juste parlé de vie de débauche, ce genre de choses. Franchement, je n'imagine pas Nanou, ma douce Nanou, en proxénète ou dealeuse ! Je ne vois pas ce qu'elle a pu faire de si horrible.

— Je pense que Natacha voulait que vous le découvriez par vous-même. Je vous rassure, ça n'est pas horrible du tout. Je dois vous agacer, à faire tant de mystère. Mais c'était son secret, sa vie… Je pense qu'elle vous a laissé sa maison pour une bonne raison. Il vous faudra fouiller un peu dans ses souvenirs pour le découvrir. Allez, mon petit, on rentre !

D'une foulée étonnamment dynamique, Antoinette s'élance vers la maison en m'entraînant à sa suite. Je me demande vraiment quel est ce secret. D'un côté, je me dis que pour avoir ainsi créé une rupture entre mes parents et elle ça devait être grave. De l'autre, je suis assez réaliste quant au fait que mes parents n'ont jamais été très tolérants. Ils ont toujours eu une vision très simpliste, considérant qu'on ne réussit que si on fait les choses dans l'ordre. Jusqu'à la mort de mon père, je les ai entendus me répéter ce qu'ils attendaient de moi. Rencontrer un garçon gentil, me marier, acheter une maison et fonder rapidement une famille. Au final, c'est ce que j'aurais sans doute fait, si Tristan ne m'avait pas quittée.

Quand j'ai appris à ma mère que je me retrouvais

célibataire et sans plus de logement, elle n'a pas eu la réaction que j'espérais. J'aurais voulu qu'elle me console, qu'elle me dise que Tristan était un idiot, que tout irait bien et que je retomberais vite sur mes pattes. Au lieu de ça, elle s'est presque mise en colère en me demandant ce que j'avais bien pu faire pour qu'il me quitte comme ça. J'en ai été déçue mais pas vraiment étonnée. Je me souviens encore de ses mots très durs envers une lointaine cousine qui avait tout quitté pour devenir charpentière. Moi, j'étais plutôt admirative de son audace et de son choix qui sortait des sentiers battus. Son mari ne l'avait pas comprise ni soutenue, et l'avait quittée. À l'époque, ça m'avait choquée au plus haut point, mais moins que la réaction de ma mère, qui avait rétorqué qu'elle n'avait eu que ce qu'elle méritait. C'est une des raisons qui font que je me suis éloignée d'elle, ces dernières années. Ses idées préconçues et son jugement permanent font qu'il est très difficile d'obtenir son approbation. D'ailleurs, je n'ai même pas osé lui parler de l'héritage de Nanou. Je sais qu'elle est au courant de tout, puisqu'une partie aurait dû lui revenir, simplement, je n'ai pas voulu aller au conflit et n'ai jamais évoqué le sujet. Elle sait que je vis chez Antoinette et elle se doute sans doute des relations que cette dernière entretenait avec Nanou, mais elle ne m'a posé aucune question.

Un fois que nous sommes à la maison, je propose à Antoinette de cuisiner, avec le secret espoir qu'elle m'annonce être un cordon-bleu qui a toujours un petit plat au four. Hélas, elle me propose une soupe avec du pain, ce qui semble être son repas du soir. Moi qui ai l'habitude de manger comme quatre à chaque repas, je risque de mourir de faim pendant la nuit. En plus, si j'aime me nourrir de soupe en hiver, ce n'est pas un repas que j'apprécie au beau milieu du mois de mai.

Mais, ne voulant pas la déranger plus que je ne le fais déjà, je ne dis rien et déguste la soupe – délicieuse par ailleurs – qu'elle me sert.

Nous passons la soirée affalées sur le vieux canapé, à regarder une série policière en version originale sous-titrée dont je ne comprends pas grand-chose. Je finis par avoir mal aux yeux à force de me concentrer sur les sous-titres, l'accent des acteurs étant incompréhensible. Après plusieurs épisodes, je vais me coucher, heureuse et pleine de gratitude envers cette vieille dame que je ne connaissais pas il y a encore six mois et qui m'accueille aujourd'hui comme un membre de sa famille. Pour la première fois depuis longtemps, je passe une nuit réparatrice, sans réveil ni cauchemar.

Chapitre 9

Le lundi suivant est mon premier jour de travail dans nos nouveaux locaux. J'ai passé la nuit à me tourner et me retourner dans mon lit comme une petite fille avant la rentrée des classes. La veille, j'avais longuement hésité entre plusieurs tenues, afin de faire bonne impression à mes collègues. Dans la mesure où je stocke une bonne partie de mes affaires dans le garage d'Antoinette, j'ai gardé avec moi le strict nécessaire. J'ai été surprise par le beau temps qui a régné sur Lille, ces derniers jours. Pendant le week-end, le thermomètre est monté jusqu'à 25 degrés, et je n'ai pas pu m'empêcher d'avoir une pensée pour Bénédicte et son bonnet. Elle m'a appelée, mais j'ai fait mine de louper son appel. Elle aura sans doute des tas de choses à me raconter sur sa folle soirée de samedi.

Après avoir essayé l'intégralité des vêtements disponibles sans réussir à choisir quelque chose qui me convienne, j'ai failli aller fouiller dans l'armoire d'Antoinette pour lui piquer une robe. Mais, outre le fait que sa taille fait quasiment la moitié de la mienne, je ne suis pas certaine que le style « troisième âge » fasse l'unanimité auprès de mes nouveaux collègues.

J'ai finalement opté pour une robe légère en double gaze moutarde, habillée ou plus décontractée selon les accessoires qui l'accompagnent. Je me relève les cheveux en un chignon ébouriffé et me maquille légèrement. Une petite veste au cas où la météo se gâte, des chaussures confortables mais élégantes, et me voilà prête pour partir à l'aventure !

J'essaie de ne pas faire de bruit pour ne pas réveiller Antoinette, en me disant que je prendrai un petit déjeuner avant d'arriver au bureau. J'ai déjà repéré quelques endroits qui sauront sans doute assouvir mes besoins en caféine. À ma grande surprise, un assortiment de viennoiseries et une grande cafetière m'attendent sur la petite table de cuisine, où ma colocataire est installée en lisant la *Voix du Nord*[1] du jour.

— Ah, vous voilà enfin, mon petit ! J'ai cru que j'allais devoir aller vous chercher !

— Oh ! bonjour Antoinette. Il est 8 heures, vous savez, ça n'est pas vraiment tard. Vous avez acheté tout ça pour moi ? Il ne fallait pas, c'est trop gentil !

— Ne croyez pas que ce sera une habitude. C'est juste pour vous souhaiter bonne chance. Je suis levée tous les matins à 6 h 30, prête à 7 h 15. Alors, j'ai eu le temps de passer à la boulangerie, au coin de la rue, de récupérer mon journal, de boire un café et de tout lire, même la page des sports. Pour votre information, le LOSC[2] a gagné.

— Eh bien, moi, je me suis douchée, maquillée et j'ai encore pris le temps de réfléchir à la robe que j'allais porter. Je suis moins productive que vous, Antoinette.

Je me sers une grande tasse de café dans laquelle je mets trois sucres, sous le regard effaré d'Antoinette. Après avoir échangé quelques mots, mais surtout déjeuné en silence, je file me laver les dents. Et c'est parti pour une nouvelle aventure professionnelle !

1. Quotidien régional des Hauts-de-France.

2. Équipe de football lilloise (la meilleure évidemment).

En arrivant devant le bâtiment, je croise Bénédicte, qui fume nerveusement ce qui est sans doute déjà la deuxième ou troisième cigarette de la journée. Comme je m'y attendais, elle est assez stressée et veut absolument faire bonne impression, ce qui lui provoque ce que l'on ne peut que qualifier de diarrhée verbale. Elle glousse, s'extasie et surtout, elle parle, elle parle, elle parle, jusqu'à soûler ses interlocuteurs.

Toute la matinée, on nous présente à de nouvelles personnes, et je suis obligée de lui couper la parole pour la faire taire. Nous apprenons avec surprise qu'un de nos collègues, qui devait nous rejoindre, a finalement décidé de ne pas venir à Lille et qu'il a trouvé un nouvel emploi à Paris. Nous faisons la connaissance de Camille, une pétillante jeune femme qui arrive dans l'équipe en même temps que nous. Bonjour la communication, personne n'était au courant de son arrivée. Elle a un physique assez commun, mais le visage illuminé par un sourire très doux. Assez petite, elle est toute menue et semble flotter dans sa robe à fleurs.

Nous sympathisons immédiatement, et prévoyons de nous voir en dehors du bureau. Je me sens un peu obligée de convier Bénédicte, qui nous observe avec les yeux d'un amant jaloux.

Ma première journée se déroule très bien, je rencontre des tas de nouvelles personnes dont j'oublie presque aussitôt le prénom. Mais j'aime immédiatement l'ambiance qui règne dans ces locaux. Les équipes sont jeunes, tout le monde se connaît, alors que nous sommes près de deux cents. Tout est fait pour que les salariés se sentent bien et il semble exister une certaine cohésion, alors même qu'une cinquantaine d'entreprises différentes coexistent dans notre seul bâtiment.

Je sors en début de soirée, après un pot surprise organisé par mes nouveaux collègues. J'ai hâte de raconter ma journée à Antoinette, tout en ayant envie d'un peu de temps pour moi. Vivre avec elle sera sans doute une expérience très enrichissante, seulement je crains aussi un peu pour ma vie sociale si, chaque soir, je cours rejoindre une vieille dame de quatre-vingts ans plutôt que de passer un moment avec des gens de mon âge. Dans quelques jours, j'aurai trente ans, et je me rends compte avec tristesse que je n'ai personne avec qui les fêter. J'espère sympathiser avec des collègues ou, pourquoi pas, faire des rencontres. Il faut vraiment que je me trouve des activités qui ne soient pas jouer aux jeux vidéo et regarder des séries avec ma coloc préférée…

Justement, quelques jours plus tard, Camille m'emmène dans un petit bar du Vieux Lille après le boulot. C'est une Lilloise de souche, très attachée à sa ville, et elle veut nous montrer qu'on s'y amuse autant, voire plus, qu'à Paris. Elle a également convié Bénédicte et Samia, une collègue déjà présente au sein du bureau lillois. Nous avons pris l'habitude de manger ensemble à midi dans une salle de réunion ou l'un des nombreux restaurants près du boulot. Si Bénédicte est toujours aussi fantasque, Camille et Samia sont bien plus calmes et posées, et nous formons au final une petite bande plutôt sympa. Je ne me change pas pour sortir, contrairement à Bénédicte qui ressort des toilettes totalement métamorphosée. Je n'ose pas lui dire qu'elle ressemble à une version vivante de Barbie : cheveux blond peroxydé qui lui tombent dans le dos, robe rose tellement moulante que j'émets de sérieux doutes quant au fait qu'elle puisse s'asseoir, et talons hauts à brides. Il faudrait que je lui fasse visiter le premier étage de chez Antoinette, elle s'y sentirait comme chez elle ! Je croise le regard de

Camille, et nous sourions discrètement. Je crois que je ne me ferai jamais à ce look. Camille et Samia sont habillées sensiblement de la même façon : jean moulant, T-shirt et baskets. À la différence que Samia fait une bonne tête de plus que Camille. De mon côté, j'ai choisi une robe-chemise bleue que je porte avec une ceinture rouge et des ballerines assorties. La chaleur s'étant installée sur Lille, je ne prends qu'un gilet pour ne pas être encombrée.

Je découvre le métro lillois, presque aussi sale que son homologue parisien. Nous partons, direction place Rihour, l'arrêt de métro le plus proche du Vieux Lille. Après une longue marche ponctuée de plaintes et de jurons poussés par Bénédicte, dont les talons s'enfoncent entre les pavés, nous arrivons dans un bar à vin, où un groupe de jazz joue un morceau très calme. Au bout de quelques instants, le patron, un grand type aux allures de hipster avec son bun[1] sur le haut de la tête et ses tatouages, vient prendre notre commande. Il semble tout à fait au goût de Bénédicte, qui entreprend de le draguer sans vergogne. Nous apprenons qu'il s'appelle Elliott, qu'il a ouvert cette boutique de vin il y a quelques mois et que, chaque semaine, un groupe différent vient animer la soirée dans le magasin, qui devient pour l'occasion un bar à vin. Comme Bénédicte ne le lâche pas, cet homme charmant nous annonce qu'il vient d'être papa et qu'il est très heureux même s'il est épuisé. Bénédicte boude un moment, avant que les verres de vin n'améliorent son humeur. Elle fait des commentaires sur tous les mecs qui passent devant nous, détaillant le physique plus ou moins avantageux de nos voisins.

— Bon, les filles, je suis la seule en chasse ou quoi ?

1. Chignon masculin.

On dirait que les beaux mâles qui nous entourent vous laissent indifférentes.

Samia et Camille se regardent avec un petit air entendu ; moi, je pousse un gémissement désespéré.

— J'ai renoncé aux beaux mâles. Je viens de me faire larguer comme une vieille chaussette par celui que je pensais être l'homme de ma vie. Alors, pour l'instant, les mecs, non merci, ça ira...

— Et vous, les filles ? C'est quoi, votre genre d'homme ? Que je vois si on chasse sur le même terrain !

— Ne t'inquiète pas, on te laisse les beaux hipsters tatoués. Pas notre genre.

— Ah chouette ! Enfin, moi, vous savez, je ne me cantonne pas aux hipsters. Je prends aussi les grands blonds genre Alexander Skarsgård[1], les petits bruns genre Bruno Mars[2]... Je ne suis pas difficile. D'ailleurs, plus je vieillis, moins je le suis !

Je l'observe et peine à lui donner un âge. Je sais qu'elle est arrivée dans la boîte bien avant moi, mais comme nous n'avons jamais été vraiment proches, nous n'avons jamais partagé ce genre de détails personnels. Elle est d'ailleurs le style de personne dont on a du mal à définir l'âge. Elle pourrait avoir entre trente-cinq et quarante-cinq ans. Sa façon de s'habiller bigarrée et un peu excentrique n'aide pas à statuer sur la question. C'est finalement Camille qui pose LA question.

— Comment ça, tu vieillis ? Tu as plus ou moins notre âge, non ?

— Si vous avez bientôt quarante ans, alors oui, on a le même âge ! Je les fête dans une dizaine de jours.

1. Alexander Skarsgård est un acteur suédois notamment connu pour son rôle d'Eric Northman dans la série *True Blood*.

2. Eh oui, à ma grande surprise (et un poil de déception), j'ai découvert que Bruno Mars ne mesurait qu'1m65.

Enfin, je les fête… C'est vite dit ! Autant mes trente ans ont été célébrés des semaines durant, autant là, j'ai juste envie de rester au fond de mon lit, devant un film dans lequel tout le monde meurt à la fin.

— Une dizaine de jours ? Quand exactement ?

— Le 9 juin. Pourquoi, ma biche, tu veux me faire une fête surprise ?

— Haha non, enfin pas surprise. Mais je fête mes trente ans le 9 juin aussi.

Un concert de cris et de rires accompagne mes paroles, et les filles décident qu'on se doit de fêter ça, malgré les protestations de Bénédicte qui assure que, de son côté, il n'y a vraiment rien à fêter.

Nous décidons ensuite d'aller dans une boîte toute proche pour danser un peu avant de rentrer. Quand nous arrivons, nous avons la bonne surprise de constater que le thème de la soirée est les années 1990. Toute notre jeunesse ! Nous nous installons dans un coin de la salle, puis rejoignons la piste de danse pour une imitation inoubliable des Spice Girls. Un peu grisées par l'alcool, mais pas assez pour ne pas en profiter, nous nous amusons comme des petites folles. Camille et Samia ne sont pas tout le temps les jeunes femmes sages que nous connaissons au bureau. Elles sont tout bonnement déchaînées et nous régalent de leur bonne humeur.

Après plusieurs danses, nous nous installons à notre table pour nous reposer un peu. C'est évidemment le moment que choisit un groupe de garçons de notre âge pour nous aborder. Ils sont plutôt sympas, et nous passons un bon moment à discuter avec eux. Bénédicte est totalement sous le charme de la grande gueule de la bande, un grand brun aux yeux en amande qui semble être hilarant, si j'en crois les grands éclats de rire qui me parviennent. Camille et Samia sourient poliment en écoutant un petit rouquin qui leur parle d'un livre au contenu tellement obscur qu'elles semblent n'avoir qu'une envie : fuir au plus vite. De mon côté, je discute avec celui qui paraît le plus timide de la bande. Dans un premier temps, il n'ose même pas ouvrir la bouche, et c'est moi qui fais presque seule la conversation. Physiquement, il ne correspond pas vraiment à mon type d'homme, avec son côté un peu geek. Il n'est pas très grand, les cheveux un peu trop longs, complètement décoiffés, et des lunettes carrées qui lui cachent les yeux. En le regardant de plus près, je m'aperçois qu'ils sont très beaux, d'un joli noisette. Mais, comme j'ai renoncé – au moins pour un temps – aux hommes, je n'ai aucune envie de draguer et de vivre quoi que ce soit avec quelqu'un. Il n'empêche que sa compagnie m'est agréable.

Nous discutons des séries que nous regardons en ce moment, et nous nous découvrons beaucoup de points communs. Il trouve absolument génial que je partage la maison d'une mémé fan de jeux vidéo, et me propose de me faire découvrir la ville quand je le souhaite. Je suis persuadée qu'il a une idée derrière la tête ; j'accepte cependant avec plaisir. Il est vraiment sympa, et je suis certaine qu'il fera un super guide dans sa ville, qu'il semble adorer.

Au bout d'un moment, je tombe littéralement de sommeil. J'ai passé une semaine très riche au bureau, à récupérer les dossiers et les traiter, tout en passant du temps avec Antoinette et ses copines. Elle a absolument tenu à m'inclure dans leur vie, mais j'ai aussi essayé de leur laisser du temps entre filles. J'observe mes collègues – bien parties pour devenir des copines. Bénédicte va sans doute passer le reste de la nuit avec Karim, le beau brun au bras duquel elle est accrochée. Nous nous assurons de multiples fois auprès de ses copains qu'il n'est pas un serial killer et qu'elle est en capacité de savoir ce qu'elle fait. Son ton impérieux pour nous faire déguerpir nous en convainc rapidement. Samia et Camille, qui habitent près l'une de l'autre, rentrent ensemble, et je décide de prendre un Uber. Je manque de m'étouffer quand je me rends compte qu'il est déjà 3 heures du matin. Heureusement, j'ai rassuré Antoinette un peu plus tôt, et je sais qu'elle dort depuis longtemps. J'espère simplement ne pas la réveiller. Très gentleman, David, le jeune homme avec qui j'ai discuté, propose de me raccompagner mais je refuse poliment. Je lui donne mon numéro de téléphone, afin qu'on convienne d'une date de visite du centre et du Vieux Lille. Je me suis vraiment bien entendue avec lui, seulement, ça n'ira pas plus loin entre nous. J'espère qu'il le comprendra.

Ma première soirée lilloise est l'une des meilleures que j'aie passées jusque-là. On a beaucoup ri et on s'est tellement amusées ! C'est bien simple, je n'ai pas le souvenir d'avoir connu de si bons moments dans mon ancienne vie. Peut-être avant Tristan… Car nous n'allions jamais danser, alors que j'adore ça. Il préférait les soirées entre amis, à discuter et refaire le monde, surtout à comparer leurs performances sportives. Comme le sujet ne m'intéressait pas, j'essayais de discuter avec les copines de ses partenaires d'entraînement, sans jamais trouver personne avec qui ça colle vraiment. Je me rends compte que je jouais un rôle et que je n'étais pas vraiment moi-même. Si j'avais le malheur de faire une blague un peu osée, de parler trop fort ou de me mettre à danser, je me faisais réprimander comme une petite fille. Nanou avait raison, je suis bien mieux sans lui ! La question est désormais : serai-je un jour encore mieux avec un autre ? Et, si oui, où se cache-t-il ?

Mood tracker du mois de

mai

Mais sinon ça va

Je vais avoir 30 ans

et je vais finir seule et moche

Chapitre 10

Les semaines passent à la vitesse de l'éclair, et je m'intègre de mieux en mieux dans mon nouveau quartier et ma nouvelle vie. Je prends des habitudes et commence à avoir des endroits de prédilection. Je vais régulièrement chercher des sushis chez le traiteur japonais au bout de la rue, boire des verres avec les copines dans le bar à côté du bureau, où le patron connaît désormais nos prénoms et nous fait la bise. Les voisins sont au courant que je suis la colocataire d'Antoinette. Au boulot, j'ai pris mes marques et des habitudes, comme à Paris. J'en oublie même parfois que je suis à Lille et fais rire mes collègues en leur proposant d'aller manger dans notre resto thaï préféré à deux cents kilomètres de là. La totalité des collègues qui ont accepté de venir à Lille sont désormais arrivés, et tout roule comme avant.

Je vois énormément Bénédicte, Camille et Samia ; nous sommes devenues une chouette bande de copines. Nous voyons également souvent des personnes qui travaillent dans d'autres entreprises et avec qui nous avons sympathisé. Je soupçonne d'ailleurs Bénédicte d'avoir plus que sympathisé avec le directeur d'une entreprise informatique dont les bureaux sont en face des nôtres. Elle jure ses grands dieux qu'il n'y a rien de sérieux entre eux, mais elle n'a que son prénom à la bouche et des étoiles dans les yeux quand elle parle de lui. En ce qui concerne Camille et Samia, je n'en ai pas la confirmation, mais je mettrais ma main au feu qu'il y a quelque chose entre elles. Je ne voudrais pas gaffer et j'attends qu'elles m'en parlent d'elles-mêmes. Cela dit, il y a des regards et des sourires qui ne trompent pas.

J'ai finalement réussi à convaincre Bénédicte de fêter son anniversaire et, pour l'occasion, nous avons loué une salle de karaoké. On a perfectionné notre imitation des Spice Girls, bu des cocktails aux noms exotiques et hurlé à la mort sur des chansons honteuses. C'était parfait. Je crois bien que c'est le premier anniversaire où je m'amuse vraiment depuis que je suis adulte. Pas de repas en tenue du dimanche, pas de sortie dans un restaurant chic où je ne me sens pas à ma place. Juste des copines, de la musique et un lâcher-prise total.

Aujourd'hui est un jour très important pour moi. Le mois de juin arrive à son terme et je récupère les clés de la maison de Nanou. Ma maison. J'ai rendez-vous à 9 heures, et je dois rencontrer le neveu entrepreneur à 14 heures. Il s'avère qu'il n'est pas du tout de la famille du mari de Nanou, mais que ses grands-parents étaient des amis d'enfance de ce dernier. Je l'ai eu au téléphone, voici quelques jours, pour prendre rendez-vous et parler de ses propositions. Le moins qu'on puisse dire, c'est que ça n'est pas un bavard. J'ai vainement tenté d'évoquer avec lui les possibilités de la maison et les travaux à effectuer. Pour terminer, il m'a presque raccroché au nez en me donnant rendez-vous pour cet après-midi. Ça promet…

Je n'ai pas pris de vacances depuis une éternité, alors j'ai décidé de m'accorder quelques jours pour commencer à vider la maison et faire du tri. J'espère que les travaux pourront commencer bientôt, mais je me fais peu d'illusions. Durant l'été, toutes les entreprises tournent au ralenti. Malgré tout, je garde un peu d'espoir, car Gabriel (c'est le doux prénom du faux neveu-vrai entrepreneur) avait l'air très optimiste. J'ai tenté de contacter d'autres entreprises, en vain : soit on me promettait un début de chantier en octobre, soit personne ne se déplaçait et on me balançait un chiffre comme ça, quand ça n'était pas aucune réponse du tout. Du coup, j'y ai vu un signe du destin, et c'est donc l'entreprise de Gabriel qui a remporté le marché. Nanou s'était tournée vers lui, après tout, c'était donc qu'elle avait assez confiance en lui pour le charger de la remise au goût du jour de sa maison.

Un peu après 10 heures, et après avoir signé des tonnes de documents, participant ainsi activement à la déforestation, je sors de l'office de Me Cadet-Diot avec les clés de chez Nanou. Les clés de chez moi. Je suis prise d'une émotion énorme et je me mets à pleurer comme une Madeleine au beau milieu d'une rue du Vieux Lille. Un homme âgé s'arrête à côté de moi, me tend un immense mouchoir à carreaux et me tapote le bras.

— Vous en faites pas, ma p'tite. Un de perdu, dix de r'trouvés. Gardez le mouchoir, il est propre ! Z'êtes jolie comme un cœur, vous allez en r'trouver un avant même de vous en rendre compte !

— Merci mais…

Je n'ai pas le temps de répondre qu'il a déjà traversé la route en chantonnant. Je m'essuie les yeux et décide de rentrer à pied. Il fait très beau et j'ai du temps devant moi. Je n'ai rien dit à Antoinette, pour les clés, car j'avais envie de vivre ça toute seule. Elle comprendra, j'en suis sûre.

Pour aller à la maison, je longe la Deûle et croise des amoureux main dans la main, des mamans promenant leur bébé dans une poussette, des militaires qui font leur jogging… C'est tellement agréable de se balader ici ! Moi qui passais mon temps dans les transports en commun, quand j'étais à Paris, j'ai envie de marcher et même de m'acheter un vélo. Je me sens chez moi dans cette ville que j'ai bien vite adoptée. Maintenant, il ne me reste qu'à faire mon nid pour y ancrer définitivement ma vie.

Lorsque j'arrive à destination, j'attends quelques minutes devant la porte. Juste à ce moment-là, la porte de la maison d'à côté s'ouvre, et je fais un bond de surprise. Une jeune femme en sort, l'air étonné.

— Bonjour, je peux vous aider ?

— Je… Euh… Non. Enfin… C'est chez moi.

Elle me regarde d'un air soupçonneux.

— Oh ! vous avez acheté la maison de Mlle Natacha ?

— Mlle Natacha ? Euh… Oui. Enfin, non. J'en ai hérité. Je suis… son héritière… Sa nièce. Et… c'est ma maison, maintenant…

Je lui fais un sourire un peu tordu. Elle doit me prendre pour une demeurée ou une dingue.

— Oh d'accord. Je suis Hélène. Ravie de vous rencontrer. J'ai été très triste d'apprendre le décès de Natacha. C'était une dame adorable et très drôle. Elle était vraiment gentille. Je suis votre voisine, je vis ici en colocation avec Théo. Je travaille à domicile, alors je suis toujours sur place. Par contre, Théo travaille souvent de nuit, il est infirmier à l'hôpital. Bienvenue. Je suis désolée, je dois filer, mais on aura sans doute l'occasion de se revoir. On pourrait peut-être se faire un apéro, un de ces quatre ?

— Oh ! oui avec plaisir. Je n'habiterai pas ici tout de suite, je vais faire quelques travaux avant.

Je la vois froncer le nez, sans doute peu réjouie à l'idée de passer plusieurs semaines à travailler dans le bruit. Elle finit par se reprendre et me répondre avec un grand sourire :

— D'accord, eh bien, on se tient au courant, dans ce cas !

Elle sort un vélo et l'enfourche. Elle disparaît bientôt au bout de la rue.

Je prends une grande respiration et pénètre dans la maison. Puis j'ouvre les volets et les fenêtres pour laisser entrer un peu de lumière. Je ressens une forme de malaise à être ici. Comme si je venais fouiner dans une maison qui n'est pas la mienne. Pourtant, je suis chez moi. J'ai peur de piétiner la mémoire de Nanou en enlevant sa déco et ses meubles ; en même temps, si je suis là aujourd'hui, c'est justement parce qu'elle voulait que cette maison devienne la mienne. J'ôte les draps et laisse apparaître les meubles. Les lieux perdent alors leur côté fantasmagorique, et je retrouve le décor de mes souvenirs d'enfance. Tout est impeccable, rien ne dépasse. Un grand ménage a été fait avant que les draps ne soient posés.

Soudain, j'aperçois une enveloppe sur le canapé. Semblable à celle que m'a transmise Me Cadet-Diot. Je la prends, l'ouvre en m'installant dans le fauteuil confortable où s'asseyait toujours Nanou. C'est une lettre très courte, qui fait couler mes larmes presque instantanément.

Alice,

Si tu lis ces quelques mots, c'est que tu as accepté de faire de ma maison, ta maison. Cette maison qui était mon foyer, cette maison de l'espoir. Je suis si heureuse de te savoir entre ces murs ! Ici, tout est à toi. N'aie pas peur de garder, de transformer, de jeter, de donner les choses. Fais ce que tu veux de ces affaires. Je sais que tu réfléchiras, pèseras le pour et le contre. Ne perds pas ton temps. Et surtout, ne crois pas que tu profanes quoi que ce soit. Je suis déjà partie et toi, tu es là. Chez toi.

Je t'embrasse,

Nanou

Je ressors le mouchoir du vieux monsieur pour essuyer mes larmes. Nanou savait exactement ce que j'allais ressentir en entrant dans cette maison. C'est très dur. Je sais que c'est chez moi mais, à jamais, ça restera chez Nanou. Je finis par me lever et faire le tour des pièces. Je me retrouve presque malgré moi dans la pièce du haut, au milieu des livres. Je tire d'un carton un vieil album photo, où je découvre une Nanou jeune et belle. Antoinette avait raison, Nanou n'était pas seulement belle, elle était époustouflante. D'après les dates inscrites, c'est l'époque où elle vivait principalement à Paris, vers la fin de sa carrière. On la voit à des soirées, en robe du soir, dans sa loge, au restaurant. Sur chaque photo, elle est entourée d'une nuée de personnes qui ont toutes un point commun : un regard admiratif, parfois même presque amoureux.

Je finis par sortir les albums les uns après les autres, remontant le temps. Il y a des photos de cabarets, de tenues excentriques et surprenantes, mais aussi de son mari que je ne me souviens pas avoir vues. Contrairement à ce que je m'étais imaginé, il n'était pas vraiment beau, relativement banal, à vrai dire. Pas très grand, les cheveux bruns et gominés, avec une fine moustache qui lui ourlait les lèvres. Son regard laisse transparaître une bonté et une douceur qui ont sans doute fait succomber Nanou. Elle parlait toujours de lui avec énormément de tendresse et de respect. S'ils avaient vécu longtemps ensemble, ils auraient été de ces couples insubmersibles, dont la relation est fondée sur la confiance plus que sur la passion.

Je range de côté les albums et trouve d'autres photos, non classées cette fois. Nanou y figure avec des amis. Sur plusieurs photos en noir et blanc, elle est en compagnie d'une jeune femme très belle, avec ses yeux de chat. Chaque fois, au dos, la date et un prénom : Yvonne. Rien de plus. Je ne sais pas qui est cette personne, mais Nanou ne m'en a jamais parlé. Pourtant, vu le nombre de clichés présents dans le carton, elle devait compter d'une manière ou d'une autre. Je me promets de trier correctement ces cartons de souvenirs et de les ranger convenablement dans une bibliothèque.

Cette pièce n'aura pas besoin d'être refaite. Elle semble bien isolée, et j'aime tellement la façon dont elle est décorée. Je n'y toucherai pas.

Je redescends, entre dans la chambre de Nanou et m'assieds sur son lit. Je n'avais pas vraiment fait attention à la décoration de cette pièce, et le moins qu'on puisse dire, c'est que c'est surprenant. Dans un recoin où un fauteuil est recouvert de vêtements et de froufrous, j'avise des cadres accrochés au mur. Il s'agit de six esquisses, très certainement réalisées au fusain et simplement encadrées. Ça ressemble à des études dont le sujet est un corps de femme : une partie du visage, un dos jusqu'à la cambrure des reins, l'arrondi d'un sein, mais également une pose bien plus explicite, qui me fait rougir jusqu'aux oreilles.

Visiblement, l'artiste connaissait son sujet de manière intime, et j'espère vraiment que je ne suis pas en train de regarder un nu de Nanou quand elle était jeune. Le visage, sur la première esquisse, me semble familier. Pourtant, ce n'est pas celui de Nanou, c'est celui d'une femme dont les yeux sont noirs et d'une forme bien différente de ceux de ma tante. Je ne parviens pas à retrouver dans mes souvenirs qui elle pourrait être. Un mystère de plus à résoudre !

Ces dessins sont assez troublants, car on devine que cette femme était aimée, désirée sans doute par l'artiste. Les traits sont fins, délicats, et je tombe immédiatement sous le charme de ces œuvres. Je décroche un cadre et le retourne, afin de voir s'il y a une indication sur l'auteur, mais il faudrait que je démonte tout, alors je renonce. Peut-être en apprendrai-je plus en triant les cartons.

Ce sera la pièce sans conteste la plus difficile à vider, c'est pourquoi je décide de m'y mettre en premier. Comme un pansement qu'on retire d'un coup sec. J'ai l'intention de donner un maximum de choses dont je ne veux pas. Je ne me vois pas vendre des objets qui ont appartenu à une autre. Dans l'armoire de Nanou, je découvre beaucoup de robes qu'elle devait porter à la fin de sa vie. Toutes plus ou moins de la même forme et aux jolies couleurs bariolées. Je les plie soigneusement et les dépose sur le lit. Je fais de même avec la plupart des vêtements. Tout cela ira à une association et fera le bonheur d'autres femmes, j'en suis certaine. Je décide de garder certains accessoires, foulards et bijoux, pour avoir un peu de Nanou près de moi chaque jour. Je lutte contre mon besoin quasi maladif de tout garder et remplis trois énormes sacs-poubelle de bricoles diverses, produits cosmétiques vintage et autres objets dont j'ignore l'utilité.

Je suis en plein tri quand j'entends qu'on frappe à la porte. Enfin, que quelqu'un est en train de tenter de défoncer la porte à coups de poing. Un coup d'œil à ma montre m'indique qu'il est 14 heures passées ; c'est sans doute Gabriel. Il a peut-être sonné mais, prise dans mon nettoyage, je n'ai pas entendu.

Je descends les marches quatre à quatre, manquant de finir la tête en bas. Il faut vraiment faire quelque chose avec ces escaliers ou je vais finir par m'y rompre le cou ! Les coups semblent s'arrêter, alors je crie que j'arrive et ouvre, essoufflée et sans doute échevelée. Je me retrouve face à un ours et en ai un mouvement de recul. En tout cas face à ce qui ressemble le plus au chaînon manquant entre l'homme et l'ours. Gabriel est immense ; il doit avoisiner les deux mètres. Les lumières de l'éclairage extérieur donnent des reflets dorés à ses longs cheveux châtains. Une barbe de trois jours lui mange le visage, mettant en valeur deux yeux clairs qui, présentement, lancent des éclairs. OK, le petit-neveu est carrément canon, dans son genre. Il a des faux airs de Jason Momoa[1] mais, pour l'instant, il a l'air furieux et me ferait presque peur.

— Ah, vous voilà enfin ! Ça fait au moins dix minutes que je sonne ! J'ai même été obligé de frapper à la porte.

— Euh, désolée, j'étais à l'étage, en plein tri, et je n'ai pas entendu. Par contre, j'ai bien cru que vous alliez exploser cette pauvre porte. Elle n'est pas très résistante vous savez, ça n'était pas la peine de la maltraiter, j'allais descendre, de toute façon !

Il pousse un grognement et entre dans la pièce sans un regard pour moi. Il est vraiment très grand et très baraqué ! Il a une carrure de rugbyman, et son T-shirt à manches courtes laisse apparaître des bras musclés, sans doute sculptés par des années à porter des charges lourdes. Je me rends compte que je suis en train de fixer sa musculature, et je lève les yeux vers lui. Il me jette un coup d'œil blasé, comme si toutes les filles qu'ils croisaient le regardaient avec des yeux de merlan frit. Eh bien, s'il se comporte comme ça avec tout le monde, la relation clients ne doit pas être le point fort de l'entreprise. Dommage, car il n'est vraiment pas

1. Acteur et réalisateur américain d'origine océanienne, connu pour avoir joué Khal Drogo dans *Game of Thrones* et le héros d'*Aquaman*.

mal, quand on passe sur le côté ours. Plus que pas mal, même. Bon, il faut que je me calme, moi ! Je n'ai pas approché de spécimen masculin depuis des semaines, et si je commence à craquer pour le premier homme des cavernes qui passe, c'est que je suis vraiment en manque.

— Bon, bref. Vous avez pu jeter un œil aux propositions que j'avais faites à Natacha ? Rien de bien extraordinaire, la maison a de bonnes bases. Il faudrait juste la rendre un peu plus pratique. Natacha vivait seule et n'utilisait pas toutes les pièces, mais en restructurant un peu l'espace, il y a moyen d'en faire une maison vraiment sympa pour votre famille.

— Ma famille ? Quelle famille ? Je suis seule, complètement seule ! Célibataire, sans personne dans ma vie. Alors une famille, ouh la la…

Je me mets à rire nerveusement. Qu'est-ce que j'ai à lui raconter ma vie comme ça ? Ou plutôt mon absence de vie personnelle. Il s'en fout. Pff, je suis pathétique. Allez, Alice, un peu de concentration !

— Euh… Oui, j'ai regardé votre projet. Ça me paraît bien, vous avez de bonnes idées. Oui, c'est bien.

Il semble si exaspéré que j'ai l'impression d'être la reine des dindes.

— Vous avez regardé quel projet ? Il y en a plusieurs.

Il insiste sur les mots, l'air agacé. Ah mais c'est qu'il m'énerve avec son ton hautain ! On dirait un professeur sadique qui interroge son élève, en espérant qu'il va dire une connerie. Je les ai tous regardés, ses foutus projets. Il a intérêt à bien bosser, parce qu'il est franchement désagréable ! Non content de ressembler à un ours, il en a le comportement.

Je tente de masquer mon énervement, et réponds d'une voix que j'espère posée :

— Justement, je voulais en parler avec vous. Je trouve que déplacer la salle de bains à l'étage est une bonne idée. Je ne vois pas l'intérêt d'avoir une salle de bains au rez-de-chaussée, c'est même assez bizarre, si vous voulez mon avis. Je ne vais pas avoir besoin de tant de chambres, et la pièce d'eau actuelle est vraiment minuscule. Par contre, je ne sais pas vraiment quoi faire pour la cuisine. Où la mettre ? Vous qui avez l'habitude, quel est votre avis ?

— Je pense que vous devriez la placer en longueur, sur l'avant de la maison. Vous pourrez ainsi profiter des canalisations de la salle de bains, qui sera au-dessus. Ensuite, on pourra créer des toilettes et une buanderie en face. Ainsi, tout le fond de la maison sera dédié à la pièce à vivre, avec une baie vitrée qui donne sur l'extérieur.

Tout en m'exposant ses propositions, il matérialise les différents espaces avec de grands gestes. Lorsqu'il parle de son travail, il est métamorphosé. Bien moins ronchon. Il en paraîtrait presque sympa.

— Oui, c'est une bonne idée. Et pour cet escalier… Est-ce qu'on peut faire quelque chose ? Il est incroyablement pentu et j'ai peur de tomber.

— Là, c'est plus compliqué ! Sous l'escalier, il y a la cave ; on ne peut pas le modifier comme ça. Enfin, si, on peut, mais ça ferait des travaux en plus, et plus complexes. Je n'ai pas forcément prévu ça. Si les escaliers sont escarpés, c'est parce qu'il n'y a pas de place. On ne peut pas installer un quart tournant, la pièce est trop étroite. Quant à opter pour un escalier en colimaçon ou ce genre de chose, il faudrait percer le parquet du premier étage. Vous savez, tous les escaliers des maisons de ce type sont ainsi. On s'y habitue !

Tout en parlant, il me conduit au bas des marches. Il est mignon, lui, mais je me connais : si je les descends en vitesse en chaussettes, c'est sûr que je finirai le cou brisé !

— Ah oui. Bon, eh bien, j'imagine qu'il ne me reste qu'à m'y habituer, alors. Est-ce qu'on pourrait au moins apporter un peu de lumière à cet escalier ? Parce que, là, il est bien sombre, quand même !

— Si vous aviez vraiment regardé tous les documents, vous auriez remarqué que je vous ai proposé d'ouvrir ce mur, pour faire apparaître l'escalier. C'est simple et rapide. Le mur sera facile à casser.

— Ah ? Disons donc que cette page m'a échappé.

Il poursuit la visite, et nous définissons ensemble ce qui va être fait. Tandis que nous progressons dans la maison, il prend des notes sur un petit calepin. Je ne peux pas m'empêcher de lorgner sur ce qu'il écrit. Il a une très belle écriture, ce qui est rare pour un homme. Le chantier ne sera pas compliqué, selon lui, car même s'il y a du travail, ses ouvriers ont l'habitude. J'apprends ainsi qu'il n'interviendra pas lui-même. Sauf si le besoin s'en fait sentir, en cas d'absence d'un ouvrier ou de retard dans les travaux.

J'en suis presque déçue, je n'aurai pas l'occasion de le mater en plein boulot. Il a plusieurs équipes à disposition, qui pourront débuter dès la signature du devis, et surtout, dès que j'aurais versé un acompte. Je suis totalement emballée par ce projet. Quelle chance j'ai, quand même ! Je repense à la Alice désespérée de ces derniers mois, celle qui a tout perdu en quelques jours à peine. Et me voilà, seule et heureuse de l'être, sur le point d'avoir une jolie maison. Il faut bien l'avouer : Tristan ne me manque pas du tout ! Je ne pense presque pas à lui, à peine de temps en temps, quand quelque chose me rappelle notre histoire passée. Ce qui me manque, en revanche, c'est d'avoir quelqu'un à embrasser, quelqu'un qui me prendrait dans ses bras, le soir, en rentrant du travail, qui me ferait l'amour en me disant que je suis belle. Mais, aussi triste que ça puisse paraître, je me rends compte que tout ça me manquait déjà quand j'étais avec Tristan.

Je suis tirée de mes pensées par Gabriel, qui agite une énorme main devant mes yeux.

— Youhou, vous êtes là ?

— Euh, oui pardon, j'étais perdue dans mes pensées.

— J'ai vu ça, je vous parle depuis cinq bonnes minutes. Maintenant que j'ai votre attention, je disais qu'il allait falloir vider toute la pièce du bas, ainsi que la petite chambre qui deviendra la salle de bains. Je vous fais un devis mis à jour suite à notre discussion dans les quarante-huit heures et je vous l'envoie. Vous me le retournez signé et, dès que le virement d'acompte sera fait, on commencera ! De mon côté, j'ai bloqué les équipes pour un démarrage de chantier dans deux semaines. Ça vous va ? Vous avez du boulot pour tout virer. Vous y arriverez à temps ?

— On va faire avec. De toute façon, je ne garde pas grand-chose. Ça devrait aller vite…

— Très bien. Bon, eh bien, à bientôt. Je vous rappelle dès que la date de début de chantier est certaine. Et je vous envoie le devis rapidement.

— OK, bon, alors… c'est parti !

Il me regarde d'un air circonspect, puis me serre vigoureusement la main. Je le raccompagne à la porte et l'observe rejoindre sa voiture. J'ai effectivement du pain sur la planche, si je dois tout vider. Je contacte une association pour donner les gros meubles du séjour dont je ne veux pas, et commence le tri des babioles que je vais aussi donner.

Chapitre 11

Quelques jours plus tard, David m'appelle pour me proposer de l'accompagner à une expo, au palais des Beaux-Arts. Je suis dans les cartons et la poussière depuis des jours, alors j'accepte avec plaisir sa proposition. J'ai donné à une association la plupart des meubles de Nanou, mais aussi à des voisins. J'ai croisé à nouveau Hélène, qui m'a vue ranger et m'a dit que certains étudiants du quartier seraient ravis de se meubler avec quelques pièces de la maison.

Lors d'un après-midi animé par le joyeux trio de vieilles dames avec qui je passe beaucoup de temps, j'ai vu défiler pas mal de monde. Des étudiants, mais pas seulement. J'ai aussi fait la connaissance de plusieurs familles du quartier, avec qui j'ai sympathisé. J'ai donné des meubles ainsi que de la vaisselle et des éléments de déco. À ma grande surprise, une femme a voulu récupérer les éléments de cuisine pour les mettre chez elle et les relooker. Je n'en revenais pas, mais j'ai fait une heureuse !

Aujourd'hui, le rez-de-chaussée est presque vide et paraît bien plus grand que lors de mes précédentes visites. J'ai encore un peu de mal à visualiser ce que ça va donner mais, instinctivement, je fais confiance à Gabriel pour gérer le chantier de main de maître. Bien qu'aimable comme une porte de prison, il semble bien connaître son métier. Dans quelques jours, la première équipe viendra détruire la salle de bains et les différents murs de séparation du bas. Ainsi, ils auront un espace vierge pour tout refaire ensuite. Il ne me restera qu'à choisir le parquet, la cuisine et la salle de bains que je souhaite. Gabriel m'a envoyé plusieurs catalogues de fournisseurs avec qui il travaille. Le choix est difficile et le fait d'être seule décisionnaire ne me facilite pas les choses. Je suis donc contente de souffler un peu et d'aller me balader.

David et moi avons échangé des messages, ces derniers jours, et quand on passe outre sa timidité, on se rend compte que c'est un mec super. Il suffit de le connaître un peu pour voir que, derrière le geek, se cache une personne pleine d'humour. Je suis donc très contente de passer du temps avec lui. J'ai un peu de mal à choisir une tenue adaptée à la situation. Je me décide finalement pour une robe longue à petites fleurs et des spartiates en cuir. Pour ajouter un peu de fantaisie, j'opte pour une paire de lunettes à grosse monture rouge vif. Depuis que je suis à Lille, ma collection de lunettes s'est encore agrandie car je ne paie pas de loyer à Antoinette (malgré mes demandes incessantes), et j'ai donc de quoi me faire ce genre de petit plaisir. Pour couronner le tout, une boutique de lunettes à petits prix a ouvert à deux pas du bureau.

Il fait très beau et, comme j'en ai pris l'habitude ces derniers temps, je me déplace à vélo. J'en ai acheté un très joli et, depuis, je l'utilise presque chaque jour. Je passe le long de la Deûle pour me rendre dans le centre. La balade est agréable. J'aime tout particulièrement observer les familles et les couples d'amoureux qui se promènent.

J'arrive un peu en retard. David est déjà là, assis sur les marches du musée. Il est plongé dans un roman, l'air totalement absorbé par sa lecture. J'avais l'image d'un garçon au physique banal, mais il a énormément de charme, pour peu qu'on aime le genre intello à lunettes. Il porte un T-shirt Doctor Who[1] bleu vif avec un jean et des baskets en toile.

Quand j'arrive à côté de lui, il lève la tête, et son regard s'illumine en me voyant. C'est qu'il serait presque craquant !

— Désolée pour mon retard. Qu'est-ce que tu lis ?

— Le premier tome du *Chardon et le Tartan*. On m'en a dit que du bien, alors j'ai voulu tenter. Tu connais ?

— Euh non, je ne pense pas. À vrai dire, je ne lis pas beaucoup…

— Ils en ont fait une série qui passe sur Netflix : *Outlander*[2]…

— Ah, mais ouiiiii ! J'adore, elle est top, cette série ! Et l'acteur principal est vraiment canon !

— Ça, je ne pourrais pas te dire, pas mon genre. Par contre, l'actrice est très belle.

Il me sourit et range le livre dans le sac à dos couvert de badges et de patchs qu'il porte d'une seule bretelle, à la manière d'un ado. Il me prend par l'épaule pour m'accompagner vers l'entrée du musée. C'est la première fois que j'entre dans un musée lillois depuis que j'habite ici, et je tombe immédiatement sous le charme du bâtiment et des œuvres qui y sont présentées. L'exposition temporaire est magnifique, incroyablement sublimée par la scénographie, vraiment parfaite. David se révèle un guide idéal, passionné d'art, et pas du tout barbant, contrairement à ce que je craignais.

1. Série fantastique britannique diffusée depuis 1963. Elle raconte les aventures du Docteur, qui voyage à travers l'espace et le temps à bord d'un vaisseau spatial, le *TARDIS*.

2. Je confirme, les livres et la série sont top (et l'acteur canon ^^).

À plusieurs reprises, je croise son regard, au départ fuyant et timide, puis un peu plus assuré. Je me sens de plus en plus troublée par ce garçon discret, bourré de charme. Nous prolongeons l'après-midi dans un petit café du centre-ville, où nous partageons un goûter gargantuesque.

— Alors, comment se passe ton acclimatation au Grand Nord ? me demande-t-il avec un petit sourire en coin.

— Je m'y sens comme un poisson dans l'eau. C'est fou quand on y pense, parce que je suis arrivée ici dans des conditions vraiment étranges, mais j'ai l'impression que les pièces du puzzle se mettent enfin en place pour que ma vie soit équilibrée. Et puis, les travaux vont commencer dans la maison. Je suis tellement excitée !

— Oui, tu m'en as parlé. C'est génial, dans quelques semaines, tu auras ton chez-toi. Comment se passe la cohabitation avec ta mémé geekette ? Ça va toujours ? J'imagine que vivre avec une vieille dame ne doit pas être facile tous les jours.

— Antoinette est formidable. Elle est vraiment adorable, et je m'entends très bien avec elle. En ce moment, je ne la vois pas beaucoup. Je passe mes journées dans la maison à ranger, vider, faire du tri et contacter des associations et des voisins pour leur donner des choses. Alors, quand je rentre, je suis épuisée. Parfois, j'ai à peine le courage de me laver les dents avant de m'écrouler dans mon lit. Antoinette, elle, passe la plupart de ses journées toute seule et fait la sieste tous les après-midis. Ce qui explique qu'elle pète la forme le soir et qu'elle a très envie de discuter. Elle ne comprend pas forcément que je ne suis pas d'humeur ou que je suis tout simplement fatiguée. Et puis, j'ai aussi envie d'avoir une vie sociale, de temps en temps. Je ne connais pas encore énormément de monde, mais je m'entends super bien avec les collègues avec qui j'étais quand on s'est rencontrés.

— J'ai eu l'occasion de revoir Bénédicte, d'ailleurs ! Tu dois le savoir, elle sort plus ou moins avec Karim. Ils sont venus chez moi un soir pour boire un verre. Je t'aurais bien invitée, mais je n'étais pas sûr que tu aies envie de me revoir.

J'écarquille les yeux tant je suis surprise. J'ai travaillé chaque jour depuis notre sortie avec Bénédicte, et elle ne m'a rien dit du tout. Elle a continué à se plaindre de son célibat et du manque d'un homme dans sa vie. Je croyais même qu'elle sortait avec un autre type, avant qu'elle ne m'apprenne que leur relation était morte dans l'œuf. Quelle petite cachotière !

— Eh bien, je l'ignorais. Bénédicte ne m'a rien dit du tout !

— Oh ! j'ai peut-être gaffé, alors. Enfin, je ne sais pas exactement quelle est la nature de leur relation. J'ai proposé à Karim de venir boire un verre à la maison, et il m'a demandé s'il pouvait venir avec elle. Il a aussi voulu savoir si tu serais là, et j'ai répondu que non.

— Tu aurais pu me proposer de vous rejoindre.

— Tu aurais accepté ? Enfin, je veux dire… On a bien discuté, que ce soit lors de la soirée ou après, mais à aucun moment tu n'as montré d'intérêt pour moi. Et comme je sais que je ne suis pas le genre de mec sur lequel on flashe…

— Pour être franche, j'ignore si je serais venue.

— Waw. D'accord. Eh bien, ça a au moins l'avantage d'être clair !

— Non, excuse-moi, ce n'est pas ce que je voulais dire. C'est juste que je ne te connaissais pas. Je ne suis pas comme Bénédicte, il me faut du temps. D'autant plus que je me suis séparée de mon compagnon il n'y a pas si longtemps que ça. Alors pour l'instant, je ne suis pas prête à ouvrir mon cœur. Ni même à laisser un homme m'approcher de trop près. Il y a eu tellement de changements dans ma vie, ces derniers temps ! C'est trop ! Et puis, toute cette histoire avec Nanou, c'est très fort émotionnellement. Je suis chaque jour confrontée à son souvenir, je passe mes journées dans sa maison à trier, ranger et jeter des morceaux entiers de sa vie. C'est compliqué.

Ma voix se brise alors que je parle. Il pose la main sur la mienne, avec un regard très doux. Je regrette aussitôt tout ce que je viens de dire ; j'ai juste envie de lui sauter dessus.

— Je comprends, ne t'en fais pas. Mais… Voilà, je voulais te le dire… tu me plais. Beaucoup. Alors, sache que quand tu seras prête, quand ton cœur sera prêt, si tu veux… Si tu veux que tous les deux… Enfin, tu vois… En attendant, si tu as besoin d'un ami pour visiter des musées ou discuter, ça me fera plaisir d'être là pour toi.

— Merci. Tu es adorable.

— On me le dit souvent. Trop souvent. Parfois, j'aimerais être un peu moins adorable et un peu plus sexy mais… c'est comme ça.

Je ris doucement et me retiens de lui répondre qu'il ne s'en rend pas compte mais qu'il est extrêmement sexy. Pas dans le genre beaux mecs à la plastique parfaite, mais dans celui des mecs qui ne se rendent absolument pas compte de ce qu'ils dégagent.

Nous continuons à discuter de choses et d'autres, et promettons de nous revoir très vite. Je dois retrouver Samia et Camille en ville pour boire un verre entre filles. David m'accompagne dans le Vieux Lille et continue de jouer les guides.

En arrivant dans la rue où nous sommes censés nous séparer, je sens une légère tension entre nous. On dirait deux ados qui viennent de se faire un ciné et ne savent pas s'ils doivent se faire la bise ou se rouler une pelle. Je suis la première à briser la glace.

— Merci pour cet après-midi, ça m'a fait du bien de sortir de mes cartons. Et tu es un guide tout à fait charmant.

— Je suis adorable, charmant... Eh bien, j'ai hâte que tu me trouves canon !

— Tu n'es pas mal. Le pire, c'est que tu ne t'en rends pas compte.

Je vois à son regard qu'il est surpris par mon compliment et mon aveu à peine déguisé. Je l'embrasse sur la joue en appuyant les lèvres sans doute un peu trop longtemps, puis entre dans le café où j'ai rendez-vous avec Samia et Camille. Elles sont attablées au fond de la petite salle, où de nombreux étudiants célèbrent bruyamment la fin des examens. Elles ne me voient pas entrer, elles sont en train de discuter, collées l'une à l'autre. Samia a la main sur le bras de Camille, et leurs jambes sont presque mêlées. Je m'en doutais depuis quelque temps mais l'évidence est là, sous mes yeux. Ces deux-là sont ensemble ! Voilà pourquoi elles ne semblent jamais intéressées par les garçons quand nous sortons ! Je m'approche et elles s'écartent l'une de l'autre comme si de rien n'était.

— Salut, les filles ! Je ne suis pas trop en retard ?

— Non, non, on vient d'arriver. Tu as passé une bonne journée ? Pas trop crevée par les cartons ?

— Non, c'était une journée sans tri, ni rangement. Je me suis accordé un peu de repos. Je vous avoue que les cartons me sortent par le nez. J'en ai marre !

— Tu veux qu'on vienne t'aider, demain ? Tu as encore beaucoup de choses ?

— Le rez-de-chaussée est presque vide. En revanche, j'ai toutes les chambres à vider. Sauf celle qui va être transformée en salle de bains. Là, j'ai déjà bien avancé.

Mais dans la chambre de Nanou, il y a encore de quoi faire. J'avais commencé par cette pièce, puis j'ai laissé tomber. J'ai à peine vidé son armoire. Il y a encore tellement de bazar ! Et je ne vous parle même pas du bureau, en haut, et de la pièce sur le palier. Elle est tellement encombrée que je n'ai même pas réussi à atteindre la fenêtre pour aérer un peu !

— Bon, écoute, on fait comme ça. On viendra à 9 heures avec le petit déj. Tu n'auras qu'à nous trouver une table et des chaises. On passera la journée avec toi. On commandera des pizzas à midi. À trois, on abattra pas mal de boulot !

Je les observe avec un petit sourire. Je ne sais pas si elles veulent cacher leur relation, mais Samia semble connaître avec précision l'emploi du temps du dimanche de Camille. Oh et puis zut, je mets les pieds dans le plat : on ne va pas tourner autour du pot indéfiniment !

— Dites, les filles, je peux vous poser une question ?

— Mmm, me répond Samia en observant la carte. Allez, on va faire dans le classique : je prends un mojito.

— Est-ce que vous êtes ensemble, toutes les deux ?

— Ensemble ? Comment ça, ensemble ? me demande Camille avec un air faussement naïf.

— Ensemble comme des amoureuses ou, en tout cas, dans une relation de couple. Ensemble, quoi !

Tandis que Camille s'apprête sans doute à nier, Samia lui coupe la parole.

— Oui, on est ensemble. Ça fait quelque temps déjà. Et oui, on est amoureuses. En tout cas, moi je le suis. Vraiment.

En disant ça, elle tourne le regard vers Camille qui est tellement écarlate que je peux voir la couleur de ses joues malgré la faible luminosité. La pauvre est si timide qu'une déclaration comme ça doit la mettre dans tous ses états. Elle regarde Samia, baisse les yeux et, d'une toute petite voix, lui répond :

— Moi aussi. Moi aussi, je suis amoureuse de toi.

— Miiiiiiiii ! Vous ne pouvez pas savoir à quel point je suis contente pour vous, les filles ! Ah, mais que ça fait du bien de voir de l'amour ! Ça fait si longtemps que je n'ai pas été entourée d'amour. Vous ne m'en voudrez pas, j'espère, mais je vais être heureuse par procuration. À défaut qu'on m'aime, je vais vous admirer vous aimer !

— Arrête, je suis sûre que tu fais tourner les têtes. C'est juste que tu as tellement la tête dans le guidon que tu ne vois rien. Si tu veux, j'ai quelques copains célibataires à te présenter. Tu n'as qu'un mot à dire et j'organise ça !

— Oh non, merci, Samia ! Les plans arrangés, j'ai déjà donné ! Ce n'est jamais une réussite. Et puis, je n'ai vraiment pas la tête à ça. Même si je commence à me sentir un peu seule. J'ai failli trouver attirant l'espèce d'ours mal léché qui va faire les travaux chez moi. C'est vous dire !

— Pourquoi ? Il est moche ?

Je repense aux yeux de chat de Gabriel, à ses bras incroyablement musclés, et une douce chaleur m'envahit le ventre. Je chasse immédiatement cette image de mon esprit : non, c'est un sale type ! Un peu sexy, mais con. Non non non.

— Il n'est pas moche. Il est même pas mal dans son genre. Le genre rustre, pas sympa, et donneur de leçons. Un vrai con, si vous voulez mon avis.

— Ah zut. Du coup, laisse tomber. Sinon, tu n'as personne en vue ? Au boulot, les mecs sympas et célibataires ne manquent pas ! C'est un vivier pour toute nana hétéro !

— Bof. Enfin, si, j'ai vu passer des mecs pas mal,

mais je n'ai parlé avec aucun d'eux, je ne peux donc pas dire s'ils sont sympas. En fait, je ne parle à personne, à part à ceux de notre bâtiment. Et ils sont maqués, voire pères de famille. Je ne vais pas commencer à me mettre en chasse ! Je suis là pour bosser, pas pour trouver l'amour !

Je me reprends, consciente que c'est très exactement ce qui leur est arrivé.

— Ça pourrait m'arriver, remarquez, et je continuerais à faire mon boulot avec sérieux, comme vous. Mais j'ai du mal à me projeter dans cette situation. Ce n'est pas compliqué pour vous ? Travailler ensemble et garder votre relation secrète ?

— Si, ça l'est. Heureusement, on ne bosse pas dans la même équipe, alors nos relations au boulot sont limitées. Mais comme on passe toutes nos pauses ensemble, depuis que Camille est arrivée, c'est dur. Je suis tombée sous son charme à la seconde où elle est entrée dans la pièce. Avec sa petite robe et son air perdu, je l'ai trouvée super craquante. On a commencé à se voir en dehors du boulot avec vous, et puis… sans vous ! Je pense qu'on va finir par officialiser les choses. Au moins, on n'aura plus peur de gaffer.

— Oh ! tu crois ? Je redoute un peu les réflexions. Je ne suis pas comme toi, je n'ai pas la repartie facile. J'ai déjà entendu des mecs faire des réflexions sur les homos, ça ne m'a pas donné envie de me dévoiler.

— Il y aura toujours des cons. Si j'ai envie de t'embrasser dans le hall d'entrée pour te souhaiter une bonne journée, je le ferai. Ceux à qui ça ne plaît pas, je les emmerde !

— Moi aussi, j'ai de la repartie. Si on te fait une réflexion alors que je suis dans la pièce, je n'hésiterai pas à le ou la remettre à sa place. C'est bon, on est au

XXIe siècle, les attardés du Moyen Âge ne vont pas faire la loi !

Après avoir grignoté et bu quelques verres, nous décidons de rentrer. Je ne veux pas être trop fatiguée demain, et je file au lit dès que j'arrive chez Antoinette.

Elle m'a laissé un petit mot où, de son écriture tremblante, elle m'annonce qu'elle va devoir partir quelques jours à l'hôpital pour des analyses. Je l'ai à peine vue ces derniers jours et j'imagine qu'elle aurait voulu me le dire. Je ne peux m'empêcher de m'inquiéter. À son âge, un séjour à l'hôpital n'est jamais une bonne chose. Je me promets de passer la prochaine soirée avec elle, pour qu'elle me raconte tout. Demain matin, je me lèverai tôt, j'aurai ainsi l'occasion de la croiser.

Chapitre 12

Le lendemain, je me lève à l'aube – à 7 h 30, ce qui équivaut à me lever avec les poules, surtout un dimanche. Je m'habille rapidement pour pouvoir croiser Antoinette. Je la trouve, comme toujours attablée, avec son café et la *Voix du Nord* du jour.

— Bonjour, Antoinette ! Les nouvelles sont bonnes ?

— Oh ma pauvre, elles ne le sont jamais. Les riches sont toujours plus riches, les pauvres toujours plus pauvres, et ceux du milieu essaient de garder la tête hors de l'eau. Rien de neuf sous le soleil ! Vous êtes tombée du lit, mon petit ? Il ne me semble pas vous avoir vue debout si tôt un dimanche, depuis que vous habitez ici.

— Je me suis levée tôt, car j'ai rendez-vous avec mes amies Camille et Samia pour faire du tri chez Nanou. J'ai bien avancé, ces derniers jours, mais j'avoue que je suis contente d'avoir un peu d'aide. Et surtout de ne pas passer ma journée seule enfermée avec des souvenirs. C'est dur.

Elle lève les yeux de son journal, me contemple longuement avant de répondre :

— Je sais. C'est ainsi que je vis chaque jour depuis que je suis veuve. Seule avec mes souvenirs.

— Oh Antoinette, je suis désolée ! Ce que je viens de dire était très maladroit. Je n'ai pas été bien présente, ces derniers temps.

— Ne vous en faites pas, mon petit, je sais que ça ne doit pas être drôle de vivre avec une vieille chouette comme moi.

— Mais pas du tout ! Qu'est-ce que vous racontez ? Vous avez eu la gentillesse de m'accueillir chez vous, dans une chambre digne d'un palace. Vous êtes adorable, et je vais et viens chez vous comme si j'étais chez moi. La seule chose que vous m'avez demandé, c'est d'être un peu présente avec vous. Or, ces derniers temps, je ne l'ai pas été. C'est nul. Je me suis concentrée sur ma petite vie, mes soucis, et cette maison qui occupe toutes mes pensées. Je vous ai délaissée. C'est impardonnable. Je vais arranger ça, je vous le promets. Est-ce que ça vous dirait qu'on se fasse une soirée série ce soir, toutes les deux ? Comme ça, vous pourrez me raconter les derniers potins du quartier et me parler de votre santé. Je m'inquiète pour vous, Antoinette.

— Il ne faut pas, c'est trois fois rien. Je suis vieille, alors j'ai un cœur de vieille. Et la mécanique a des ratés. J'ai fait un petit malaise, la semaine dernière, quand j'étais au café… Non, ne vous en faites pas, ça n'était pas grave du tout. Du coup, je suis allée faire un tour aux urgences. C'est dommage que vous n'ayez pas été là, il y avait des très beaux docteurs. Peut-être un pour vous ! L'un d'eux ressemblait au Docteur Mamour[1], vous savez, dans *Grey's Anatomy*. Il était vraiment beau et très gentil. C'est lui qui va me faire tous les tests, la semaine prochaine. Vous devriez me rendre visite, vous pourriez le voir et tomber amoureuse de lui.

— Je viendrai, Antoinette, bien sûr ! Mais pas pour le Docteur Mamour, pour vous ! De toute façon, j'en ai marre de faire du tri. Vous resterez combien de temps ?

— Je rentre demain après-midi et je resterai au moins

1. Docteur Mamour est le surnom donné à Derek Shepherd, personnage incarné par Patrick Dempsey dans *Grey's Anatomy*.

jusqu'à mercredi. Demain, Paulette m'accompagne. Son petit-fils est chauffeur de taxi, il viendra nous chercher. Elle prendra son tricot et passera la journée avec moi.

— Alors, j'irai mardi. Et je resterai avec vous !

— On verra ça, mon petit. En attendant, allez rejoindre vos amies ! On se voit ce soir. Je ferai une soupe et préparerai notre programme de la soirée. Allez, filez !

— D'accord, bonne journée, Antoinette ! Si vous avez besoin, je garde mon téléphone à côté de moi. Vous pouvez m'appeler quand vous voulez !

Je file vers la maison, où j'improvise une table de petit déjeuner dans le séjour. Dans la cave, j'ai trouvé une table et des chaises en formica d'un rose framboise étonnant. Décidément, Nanou semblait aimer le rose, pour la déco ! Ce genre de mobilier revient à la mode, et cet ensemble pourrait tout à fait avoir sa place chez moi. Je ne suis pas fan de rose, mais un peu de couleur ne ferait pas de mal à mon humeur ! Je fouille dans les tiroirs à la recherche de couverts et, dans le placard, je déniche de jolies assiettes à dessert ornées d'une frise fleurie.

Je termine de tout installer, quand les filles toquent à la porte. Elles portent toutes les deux un débardeur et un jean qui dessine leurs jambes fuselées. Elles se tiennent par la main, et Samia me fait un petit clin d'œil quand je m'en aperçois.

— Salut, les plus belles ! Ça va ? Ouah, vous avez apporté de quoi nourrir tout un régiment ! Vous avez invité des amis ?

— Ah, tu vois ça avec Samia. Il a fallu que je la retienne, pour qu'elle n'achète pas l'intégralité de la boulangerie.

— On va avoir besoin de forces, c'est tout ! Je nous ai pris des pains au chocolat, des croissants, un cramique[1]. Le boulanger vendait aussi du jus de pomme artisanal, alors j'en ai acheté une bouteille. Et puis, j'ai fait un thermos de café avant de venir. Ce n'est pas aussi énorme que ça, hein…

— Non, non, pas du tout !

Nous rions de bon cœur et entrons dans la pièce. J'ai ouvert la fenêtre et la porte qui donne sur la cour, car il fait vraiment très chaud, aujourd'hui. Il faudrait que je trouve un moyen de dompter la forêt vierge, afin de profiter un peu de l'extérieur. C'est quand même dommage de ne pas pouvoir manger dehors, alors qu'il fait plus de 30 degrés !

Nous nous installons dans la cuisine, pour essayer de capter le peu d'air frais qui vient de la porte arrière de la maison. Après nous être copieusement restaurées, nous montons à l'étage pour faire du tri. La chambre qui deviendra la salle de bains est presque vide, et j'attends une voisine qui viendra récupérer dans la journée le lit qui y reste. Le papier peint d'un vert douteux laissera bientôt place à du béton gris clair. J'ai décidé de laisser le parquet intact et d'installer une baignoire et une douche à l'italienne. La pièce possède de belles dimensions, qui me permettent de l'aménager à ma guise.

Je sais bien que j'utiliserai plus souvent la douche, mais je pourrai ainsi prendre un bon bain relaxant de temps en temps. Si, d'aventure, je rencontre quelqu'un, nous pourrons faire trempette en amoureux. Dans l'appartement de Tristan, il y avait une baignoire qu'il n'utilisait jamais. Il disait que ça le ramollissait. Il a toujours refusé que l'on prenne des bains tous les deux, même quand je laissais entendre que ça pourrait devenir coquin. En deux ans de relation, j'ai dû prendre, seule donc, trois ou quatre bains à peine, car à chaque fois

1. Pain brioché fourré (ou non) de raisins secs et présent sur les tables du petit déjeuner et du goûter en Belgique et dans le nord de la France.

il me culpabilisait. Je suis consciente que les bains ne sont pas bons pour la nature, mais ils sont bons pour mon moral.

J'ai choisi des meubles d'un gris assez foncé et du bois pour rappeler le sol. La pièce sera un peu démesurée pour une utilisatrice unique, et je m'en fiche. J'ai décidé de profiter de cette opportunité de me faire plaisir.

Nous nous attaquons à la chambre de Nanou qui, à terme, deviendra la mienne. Ici, il n'y aura pas de travaux, seulement de la déco. Je vais garder l'énorme lit à baldaquin, premièrement parce que je n'ai aucune idée de la façon dont je pourrais le sortir de là, deuxièmement et surtout parce que c'est un rêve de gamine d'avoir ce genre de lit de princesse. Je changerai juste le matelas et les voilages autour du lit ; ils ont fait leur temps. Je conserverai aussi la coiffeuse, que je trouve complètement dingue et super kitsch. Ainsi qu'un coffre en bois, qui a l'air de sortir tout droit d'un roman de pirates, un valet de chambre qui me sera utile, une petite commode fonctionnelle, et les dessins au fusain que je compte mettre en valeur. Sauf le dessin coquin que je n'imagine pas regarder tous les jours et que je reléguerai quelque part.

J'ai monté des sacs-poubelle et des cartons pour trier et jeter les choses qui ne me serviront pas. L'énorme armoire est partie vers d'autres aventures, et j'ai déjà vidé pas mal de meubles. Pour autant, j'ai l'impression que cette pièce est un puits sans fond. La coiffeuse de Nanou est remplie de produits de beauté périmés, voire complètement moisis. Je pense qu'il y a bien longtemps qu'elle ne faisait plus attention à son apparence. Pour une femme dont le physique a longtemps été essentiel, ça devait être dur.

Dans le tiroir de la commode, je trouve un paquet de lettres nouées par un ruban. J'ai l'impression d'être dans un film, car ce sont des lettres anciennes, qui datent des années 1950, dont l'adresse est écrite à la plume dans une belle écriture calligraphiée. Il n'y a pas d'indication de l'expéditeur, mais elles sont destinées à Nanou. Je les mets de côté, ne voulant pas entrer dans son intimité, mais Camille me saute dessus pour que je les lise. Je finis par céder, me rappelant le conseil de Nanou de ne pas croire que je profane quoi que ce soit. Si je veux percer les secrets qui entourent son existence et sa dispute avec mes parents, il faut que j'en apprenne plus sur sa vie. J'ouvre donc l'enveloppe de la première lettre, et tourne le feuillet pour en voir l'expéditeur. C'est mon oncle. La date indique qu'il lui a écrit quelques mois avant leur mariage. Je me souviens très bien de la date, car ils se sont mariés le jour de mon anniversaire, elle me le répétait souvent. Dans cette lettre, mon oncle parle de choses et d'autres, sans rien dévoiler de ses sentiments. Il évoque des connaissances communes et signe d'un « Bien à vous » poli. C'est dans la troisième lettre que je trouve un élément un peu plus croustillant. Il lui avoue son amour, mais dit aussi qu'il sait que ce n'est pas réciproque. Moi qui pensais Nanou très amoureuse de lui, je n'en reviens pas. Il lui dit qu'il va tout arranger et que la seule solution contre ses tourments serait qu'ils se marient. Il lui promet qu'il ne lui demandera jamais rien, qu'il la respectera et qu'elle sera toujours libre de vivre la vie qu'elle aura choisie. Pour un homme des années 1950, il était bien moderne ! En revanche, plutôt que de résoudre le mystère, cette lettre m'en pose un nouveau. Quel est ce tourment dont parle mon oncle ? Et quelle est la vie que Nanou a choisie ? À cette époque, elle n'était pas encore dans le milieu du spectacle… Camille vient lire au-dessus de mon épaule et pousse un petit cri d'excitation. Elle s'est mise en tête de résoudre ce qu'elle appelle « le mystère Nanou » et fourmille de théories plus ou moins fumeuses.

— À tous les coups, elle était enceinte d'un autre qui l'a laissée tomber. Et ton oncle, fou amoureux d'elle en secret, lui a proposé le mariage. Ça se faisait, à l'époque. Je connais plein d'histoires comme ça. Enfin, j'en ai lu plein dans les livres. Elle était super belle, elle faisait tourner les têtes, elle a couché avec un beau mec qui a disparu soudainement, la laissant désespérée et enceinte. Et ton oncle qui se mourait d'amour pour elle depuis toujours a décidé de jouer sa carte en lui proposant le mariage.

— Oui, c'est possible. Mais, où est passé le bébé, dans ce cas ? Ils se sont effectivement mariés quelques mois après cette lettre. Le bébé aurait dû naître peu de temps après.

— Il est peut-être mort. Je veux dire… Dans les années 1950, ça devait arriver assez souvent. Elle aura épousé ton oncle et fait une fausse couche dans la foulée. Ou peut-être que l'enfant est mort en bas âge.

— Elle a toujours regretté de ne pas avoir eu d'enfants. S'il était mort, elle en aurait parlé. Elle n'aurait pas dit qu'elle n'en avait pas eu.

— Oui, peut-être. Enfin, c'est quand même la raison la plus plausible. Continue à lire, tu trouveras peut-être d'autres indices.

— Je vais surtout continuer à ranger ! Si je commence à me mettre à lire et regarder tout ce que je trouve, cette pièce ne sera jamais vidée !

— Tsss, t'es pas drôle ! Bon, d'accord, mets les lettres de côté, tu les liras plus tard, mais je veux que tu me racontes tout ! Je trouve cette histoire tellement passionnante !

Après avoir reposé le paquet de lettres sur la commode, je m'attelle au tri de tout le bazar qui garnit les tiroirs.

Je découvre des vêtements anciens magnifiques, finement brodés : des chemises de nuit, de petits caracos ornés de dentelle, des jupons en tissu léger que Nanou devait sans doute porter sous ses robes. C'est vraiment ravissant. Malheureusement pour moi, la plupart sont trop petits ; je ne pourrais même pas y rentrer la moitié d'une jambe. Devant le regard implorant de Camille, je décide de lui en faire cadeau. Elle me saute au cou, très heureuse.

Au bout de plusieurs heures, mon estomac commence à crier famine, et je me rends compte avec effroi qu'il est presque 14 heures. Nous étions tellement prises par le rangement qu'on n'a pas vu le temps passer. Une commande de sushis plus tard, nous nous attablons devant un énorme plateau de makis et de sushis, que Samia est allée chercher. Je ne sais pas comment elle fait pour rester aussi mince avec tout ce qu'elle engloutit. La nature est parfois vraiment injuste !

Nous nous remettons rapidement au travail et remplissons de nouveaux sacs-poubelle d'un bric-à-brac qui devait végéter là depuis des années.

En fin d'après-midi, nous sommes toutes les trois épuisées et nous nous affalons sur l'immense lit avec les lettres de mon oncle. Soudain, Camille pousse un cri de surprise qui nous fait sursauter.

— Les filles, les filles, j'ai un truc ! Ooooh oui, j'ai un gros truc !

— Tu as trouvé quelque chose d'intéressant ?

— Attendez, vous comprenez comme moi ? Je vous lis ce qu'a écrit ton oncle, Alice. C'était à peine quelques semaines avant leur mariage : « Ma très chère, je comprends vos doutes quant à notre union et son caractère factice. Vous vous inquiétez pour moi et pour la vie que je vivrai à vos côtés. Je suis conscient que vous ne m'épousez pas par amour et que vos inclinations ne vous amèneront jamais à m'aimer comme je vous aime. Je le sais et je sais que ça ne changera pas. Pour autant, les derniers retentissements de votre histoire avec la personne que vous aimez m'incitent à maintenir ma proposition. Votre famille, mais aussi la société, ne sont pas prêtes à vous laisser vivre votre vie amoureuse au grand jour, et je serai heureux de vous offrir une vie convenable et acceptable. Je sais que l'amitié qui nous lie nous permettra de vivre heureux ensemble, dans une relation respectueuse et apaisée. Ne doutez jamais de l'amour et de la considération que je vous porte. Édouard. »

— Waw. Vous y comprenez quelque chose ? Parce que, moi, je suis paumée. On dirait que mon oncle l'a épousée pour la protéger du scandale. Elle aimait quelqu'un d'autre, et cet amour était mal vu. Qui ça pouvait être ? Je ne connais pas sa famille, on n'a jamais côtoyé personne d'autre. Ma mère n'a jamais été très proche de sa famille, je ne sais même pas s'il lui en restait. Vous croyez qu'elle était amoureuse d'un homme marié ? Un homme beaucoup plus vieux, peut-être.

— Ou d'une femme ! s'écrie Camille d'une voix exaltée. J'imagine qu'à l'époque ce n'était pas accepté !

— Ma chérie, tu sais, tout le monde n'est pas homo, dit Samia en lui déposant un baiser sur le front.

— Mais oui ! C'est ça !

Je me précipite à l'étage et fouille dans les cartons pleins de photos. J'en ressors celles de la jeune femme prénommée Yvonne et reviens avec dans la chambre, sous le regard ahuri des filles. Je m'avance vers les cadres et compare les photos et les dessins.

— Voilà pourquoi elle me disait quelque chose ! La jeune femme dessinée au fusain, c'est Yvonne, la même que sur les photos !

— Ah mais oui ! s'exclame Samia, c'est bien elle.

Ta tante avait donc des photos d'une jeune femme, en grand nombre. Qu'elle gardait dans une boîte avec des photos de sa jeunesse. Mais aussi des dessins qu'elle avait affichés dans sa chambre, dans la maison où elle vivait seule. Dont un qui représente l'intimité de cette jeune femme. Elle s'est mariée avec ton oncle, car la relation qu'elle entretenait avec Yvonne faisait scandale. Et tes parents qui, d'après ce que tu nous as raconté, n'étaient pas les plus ouverts d'esprit qui soient, ont pris leurs distances avec elle, sans t'en expliquer la raison. Ça se tient, moi je dis !

— Eh ben, quelle histoire ! Je trouve ça super romantique, on dirait un film, s'enthousiasme Camille, des étoiles plein les yeux. Par contre, désolée, mais tes parents ne me paraissent pas très sympathiques, si cette histoire est vraie.

— C'est fou ! Ma douce Nanou, folle amoureuse d'une femme et obligée de faire un mariage de raison. J'ai un peu de mal à l'imaginer. Il faut dire que j'ai l'image d'une vieille dame aux cheveux blancs. Alors, forcément, l'imaginer vivre une passion dévorante avec une femme, c'est un peu difficile.

— Pourquoi ? Tu t'imagines que les lesbiennes ont toutes moins de trente-cinq ans ? Il y a des mémés lesbiennes, tu sais, me répond Samia en riant.

— Oui, je sais, merci. C'est juste qu'elle nous parlait toujours de son mari. De mon oncle, je veux dire. Et de leurs voyages, puis de sa mort, peu de temps après.

— Il est mort de quoi ? Enfin, si ça n'est pas indiscret…

— Rupture d'anévrisme. Un matin, il s'est levé, puis il s'est effondré. Raide mort. Elle l'a entendu tomber et elle s'est précipitée vers lui. Il était mort. Elle le savait, mais elle est sortie de leur maison pour essayer de trouver de l'aide. Sauf qu'elle était dans un quartier très snob et qu'elle dormait en petite nuisette sexy. Elle avait juste un déshabillé sur elle, alors les gens ont plus été choqués de sa tenue que de ce qu'elle était en train de leur dire. Son voisin était médecin et l'a accompagnée dans la maison. Il paraît que les gens murmuraient des choses affreuses sur son passage. Évidemment, il n'a pu que constater le décès.

— C'est affreux…

— Oui. Mais le plus dingue dans cette histoire, c'est qu'elle disait qu'elle l'aimait. Elle nous disait à chaque fois qu'il lui manquait, que la vie sans lui avait été difficile et qu'elle ne passait pas une journée sans penser à lui, en dépit de la courte durée de leur mariage. Enfin… Après réflexion, je ne suis pas sûre qu'elle ait jamais dit qu'elle l'aimait… Seulement qu'il lui manquait…

— S'il s'avère que ta tante aimait les femmes… Ou en tout cas une femme… Il est évident qu'elle avait une relation forte avec ton oncle. On n'épouse pas quelqu'un comme ça, en sachant qu'il ne se passera rien entre vous.

— Bon, les filles, il faut qu'on trouve d'autres indices pour confirmer notre hypothèse. Au travail ! s'exclame Samia.

— Eh, calme-toi, Colombo, on a surtout du boulot pour ranger !

Nous continuons à ranger la chambre sans rien trouver de plus croustillant. Dans une grosse malle que je n'avais pas encore remarquée, je découve des costumes de scène malheureusement complètement dévorés par les mites. J'ai le cœur brisé en les jetant dans un grand sac-poubelle, mais même une excellente couturière ne pourrait les remettre en état.

En début de soirée, nous terminons enfin de vider la chambre. Ce que je garde est entreposé dans un coin. Les filles embarquent ce qui leur plaît, et nous descendons le reste dans le séjour. Je prends des photos avec mon téléphone afin de publier en ligne quelques annonces pour donner meubles et vêtements. Je remercie chaleureusement Camille et Samia pour leur aide, que ce soit pour le tri ou la résolution de l'énigme. Il y a de fortes chances pour que ce que nous avons découvert soit la vérité, mais je me dis que je trouverai peut-être d'autres éléments dans les deux pièces du haut. En attendant, j'ai rendez-vous avec une charmante vieille dame.

Chapitre 13

Quand j'arrive à la maison, Antoinette est en pleine partie de jeu vidéo. Je l'observe un moment avant de lui faire signe que je vais me doucher. La chaleur est accablante, et mes vêtements me collent désagréablement au corps. J'enfile une robe et un gilet, ainsi que des ballerines, pour rejoindre ma coloc. Elle s'affaire en cuisine quand j'arrive en bas, et je remarque que ses traits sont tirés, et sa peau parcheminée est plus pâle que d'habitude.

— Antoinette, vous avez besoin d'aide ? Vous avez l'air épuisée !

— Oh mon petit, ne vous en faites pas. J'imagine que vous avez bien travaillé aujourd'hui et que vous êtes fatiguée. Moi aussi, alors j'ai commandé à manger. J'espère que vous aimez la nourriture thaïe ? J'ai pris des choses pas trop épicées, et d'autres qui arrachent vraiment. C'est comme vous voulez !

— Je préfère ce qui est doux. J'ai un peu de mal avec les épices. Mais vous en aurez assez ?

— Vous pensez que je suis une petite chose qui a besoin de douceur, me dit-elle avec un sourire malicieux, mais sachez que j'adore le piment. Mon estomac ne le supporte plus. Quand j'étais plus jeune, je croquais des piments comme des cornichons ! Et puis le piment est bon pour le cœur, alors c'est ce qu'il me faut en ce moment !

Tandis que nous nous installons à la petite table de la cuisine pour manger, j'interroge Antoinette sur ses problèmes de santé. Elle me répète ce qu'elle m'a dit le matin même, et va me chercher les résultats des prises de sang qu'elle a subies aux urgences. Sans y connaître grand-chose, je vois bien que rien ne va dans ses taux.

— Ne faites pas cette tête, ma chère. J'ai quatre-vingt-quatre ans. C'est assez normal que la machine ait des ratés. Cela fait des années que mes jambes ne me portent plus très bien, et j'ai pris l'habitude de vivre à mon rythme. Le monde va très vite. Moi, au milieu de tout ça, j'avance à petits pas. Ça me va ! J'imagine que mon cœur s'est dit qu'il allait suivre le rythme de mes jambes ! Le charmant médecin m'a recommandé de me reposer et de ne pas subir de stress. Je lui ai répondu que c'était vraiment dommage, car j'avais prévu un marathon aujourd'hui. Bon, il est vraiment pas mal, cet homme, sauf que, côté humour, on a vu mieux ! Il m'a crue et m'a fait la leçon. Quand il m'a vue me lever, prendre ma canne et marcher avec difficulté, il a compris. Moi, j'ai beaucoup ri, en tout cas !

— Vous ne pensez pas que le fait de tuer virtuellement des zombies, ça peut vous stresser ? Enfin, je veux dire… Je vous entendais jurer depuis l'étage… Ça ne doit pas être très bon !

— Peut-être pas, mais j'aime ça. Vous savez, mon petit, je n'ai plus beaucoup de choses qui me procurent du plaisir, à mon âge. Alors ça, on ne me le retirera pas ! Mais, dites-moi, avez-vous bien travaillé, aujourd'hui ?

J'évoque en quelques mots les découvertes que nous avons faites, les vêtements et les costumes mités, mais choisis de ne pas parler des lettres dans un premier temps. Elle me raconte qu'à la fin de sa vie Nanou était totalement alitée et qu'elle ne quittait presque plus le grand lit à baldaquin. Elle voulait mourir chez elle ; à son grand désespoir, elle a été conduite à l'hôpital et y est décédée. C'est un peu idiot, mais cette nouvelle me rassure. J'aurais eu du mal à vivre dans la maison et je n'aurais pas pu dormir dans ce lit magnifique, si elle y était morte. Je sens déjà sa présence à chaque instant, ça aurait été pire. Je lui parle des meubles et des affaires que j'ai trouvées dans la pièce, et sors de mon sac une très belle chemise brodée que j'ai mise de côté pour elle. Les larmes aux yeux, elle la prend et se lève péniblement pour venir m'embrasser.

— Vous voyez, Alice, vous me dites que les jeux vidéo me stressent, et vous venez jouer avec mon pauvre cœur.

— Oh ! je suis désolée, Antoinette, mais j'ai pensé que vous aimeriez avoir un objet qui appartenait à Nanou.

— Elle m'a déjà donné des choses avant de partir. Des choses qu'elle savait que j'aimais. Ce collier de perles que j'ai autour du cou, elle me l'a offert quand elle a su que c'était fini pour elle. J'ai refusé, bien sûr, mais elle a insisté. Elle a dit que vous n'en voudriez pas et qu'il fallait le porter pour que les perles vivent. Depuis ce jour, je le mets chaque matin et je le pose sur ma table de nuit chaque soir. Comme ça, j'ai un peu de ma chère amie près de moi.

— Je comprends. Je suis heureuse que vous ayez ce collier. Il vous va bien mieux qu'à moi ! Et puis, Nanou m'a tellement donné ! C'est fou, jamais je n'aurais pu rêver ça. Elle m'a laissé toute sa vie. C'est incroyable ! J'en ai tant découvert sur elle en quelques jours. Je ne la connaissais que par les visites que nous lui rendions, il y a des années, et par les histoires que j'ai entendues. Et puis par nos longues discussions au téléphone. Mais je ne connaissais qu'une facette de sa personnalité et de sa vie.

— Vous avez fait des découvertes… intéressantes ? me demande Antoinette d'un air ingénu.

— Oui. Énormément. J'ai trouvé beaucoup de photos. Vous ne mentiez pas en disant qu'elle était belle. Elle était éblouissante. Sur ces photos, j'ai vu son mari, des célébrités de l'époque, tous les gens qui gravitaient autour d'elle. Et puis, j'ai vu Yvonne aussi, dis-je en observant sa réaction du coin de l'œil.

— Ah. Yvonne… Vu la tête que vous faites, vous n'êtes pas certaine de savoir qui était Yvonne et vous avez envie de me tirer les vers du nez. Est-ce que je me trompe ?

— Eh bien… J'ai une hypothèse, mais si folle que je n'arrive pas à y croire.

— Dites toujours…

— Des lettres de mon oncle mentionnent une sorte de mariage arrangé entre eux. Ainsi qu'une histoire d'amour inappropriée entre Nanou et une mystérieuse personne. Enfin, une histoire qui n'était pas acceptée. J'ai fait le lien entre les photos d'Yvonne et des dessins accrochés dans un coin de la chambre de Nanou. Il s'agissait de la même personne. Après, j'ignore si Nanou avait un don pour le dessin ou si c'est l'œuvre de quelqu'un d'autre. Mais c'est l'hypothèse la plus plausible que nous ayons trouvée. Dites-moi, on délire totalement ou pas ?

— Natacha voulait que vous partiez à la recherche de ses secrets, comme je vous l'ai indiqué, alors, non, vous ne « délirez » pas, me répond-elle en mimant les guillemets avec les doigts. Elle aimait les femmes, passionnément, follement. Et votre oncle était très amoureux d'elle, assez pour lui permettre d'accéder à une vie stable et rangée. Vous en apprendrez sans doute bien plus dans les pièces tout en haut de la maison. C'était son repaire, l'endroit où elle gardait ses souvenirs. Le bureau était la pièce où Yvonne passait le plus clair de son temps… Mais voilà que je parle trop ! Je suis incorrigible !

— Vous voulez dire que Nanou et Yvonne ont continué à se voir après le mariage ?

— Bien sûr ! Elles n'ont jamais cessé de s'aimer ! Quand Édouard a disparu, Natacha a naïvement pensé qu'elle allait pouvoir aimer Yvonne au grand jour. Elle était malheureuse d'avoir perdu son mari, qu'elle aimait à sa façon. En même temps, elle pensait pouvoir vivre son histoire d'amour. Elle a commencé sa carrière dans le spectacle et rejoignait en tournée Yvonne, qui était chanteuse. Je crois même qu'elles ont travaillé ensemble. Mais, sitôt qu'elle rentrait chez elle, les jugements recommençaient. Alors, elle a vendu sa grande maison, abandonné les parasites qui profitaient d'elle, laissé les voisins parler, et elle est venue ici. Elle présentait Yvonne comme sa grande amie. Je pense que beaucoup de monde était dupe. Pas moi. J'ai immédiatement vu comment elles se regardaient. C'était de l'amour à l'état pur. Je crois que Paulette et Pierrette l'ont remarqué, elles aussi. Mais ça n'était pas dans leur éducation d'en parler. On appartient à une génération où l'homosexualité est taboue. Si vous voulez mon avis, on est une belle génération d'hypocrites ! J'en ai parlé à Natacha, un jour où nous étions toutes les deux. Elle a nié, mais quand je lui ai fait comprendre que ça ne me posait aucun problème, j'ai littéralement vu s'envoler le poids sur ses épaules. Dès lors, je les ai beaucoup côtoyées, toutes les deux. Et puis, Yvonne est décédée à son tour. C'était à l'époque où vous avez arrêté de venir.

Antoinette semble épuisée par toutes ces révélations. Je lui propose de débarrasser et de nous poser devant un film. Je la remercie de m'avoir dévoilé un peu plus d'éléments pour comprendre l'histoire de Nanou. Le puzzle se met en place ; il est étonnant et incroyablement romantique. Nanou, Yvonne et Édouard sont tels des personnages de roman. C'est fascinant. Pour rester dans l'ambiance, nous regardons une comédie romantique légère, où les deux héros sont très beaux et passent quatre-vingt-dix minutes à se détester, puis s'aimer, se déchirer et se retrouver.

Quelques minutes avant la fin, j'entends un léger ronflement à côté de moi. Antoinette, confortablement installée dans son fauteuil relevé pour allonger les jambes, s'est endormie. Je n'ose pas la réveiller et installe sur elle un joli plaid fait de carrés crochetés. J'éteins les lumières et vais me coucher. Demain, une journée encore très remplie m'attend. J'ai rendez-vous avec Gabriel pour choisir les matériaux et les meubles avant que les travaux commencent. Ensuite, j'ai la ferme intention d'en découvrir plus sur l'histoire de Nanou et Yvonne.

Chapitre 14

Épuisée par ma journée et ma nuit remplie de rêves bizarres, je me lève un peu après 9 heures. J'ai rendez-vous avec Gabriel à 10 heures et, cette fois, j'ai bien l'intention de ne pas le laisser maltraiter ma porte d'entrée. Antoinette est déjà sur le pied de guerre ; je l'entends chantonner quand je descends les escaliers. Son petit sac de voyage est dans l'entrée, et elle a préparé son manteau sur une chaise. Il fera pourtant plus de 30 degrés aujourd'hui encore, mais Antoinette est perpétuellement emmitouflée comme en plein hiver.

— Bonjour, Antoinette, comment allez-vous, ce matin ? Tout est prêt ? Vous avez besoin d'aide ?

— Oh non, mon petit, ça va, je vous remercie. Je me suis levée tôt, je n'arrivais pas à dormir, alors, plutôt que de me retourner dans mon lit, j'ai décidé d'en sortir. Résultat : je suis debout depuis 5 heures ! Ne faites-pas cette tête-là ! C'est l'heure à laquelle je me levais pour aller travailler ! De toute façon, à l'hôpital, on va m'obliger à me coucher tôt et à me reposer, alors…

— D'accord… Si vous n'avez besoin de rien, je file à la maison. J'ai rendez-vous avec Gabriel et je n'ai pas envie de le faire attendre. Il risquerait d'être d'encore plus mauvais poil qu'à son habitude !

— Entendu. Vous êtes bien jolie, ma chère, aujourd'hui. Gabriel va en tomber en pâmoison !

— Mais non enfin, Antoinette ! Il ne va rien faire du tout !

— Oui, oui… Allez, passez une bonne journée !

N'importe quoi ! Je ne me suis pas spécialement pomponnée, aujourd'hui. C'est juste que j'en ai marre de vivre en short et T-shirt informe depuis une semaine. Ça n'est pas parce que je suis en vacances et que je fais du tri que je n'ai pas le droit d'être un peu féminine ! J'ai simplement mis une robe et un soupçon de rouge à lèvres. Rien de dingue. Gabriel ne me plaît pas du tout et, vu la manière dont il me parle, c'est réciproque. Vraiment, Antoinette se fait des films.

Comme je quitte la maison, mon téléphone sonne. Je découvre avec surprise que c'est David qui m'appelle.

— Oh mon Dieu, tu n'es pas morte ! Je commençais à m'inquiéter !

— Oh la la pardon ! Je voulais t'appeler, et puis j'ai été prise dans mes cartons et j'ai oublié !

— Je pensais que tu avais peut-être passé un moment horrible avec moi, et que tu ne savais pas comment me le dire !

— Mais non, pas du tout. J'ai passé un très bon moment. Vraiment. Je suis contente que tu m'appelles.

Alors que je prononce cette phrase, j'arrive devant la maison de Nanou en même temps que Gabriel. Je lui fais signe que je dois terminer ma conversation et m'excuse d'un petit sourire contrit. Il lève les yeux au ciel et entreprend de se rouler une cigarette. Je n'aurais jamais imaginé que ce geste puisse être aussi sexy. Bref…

— Excuse-moi, tu disais, David ? Je ne t'ai pas entendu.

— Si notre après-midi n'a pas été si horrible, on pourrait se revoir. Je peux même venir t'aider, si tu veux. Je suis en vacances pendant trois jours. Je ne pars pas avant août, mais j'avais des jours à poser. Alors, si tu as besoin, je suis ton homme !

— Haha, ne me fais pas ce genre de proposition, tu pourrais le regretter !

— Je peux te faire des tas d'autres propositions, tu sais.

— Je… Euh… Haha… Hum. Eh bien, écoute, tu peux passer quand tu es dispo. Là, j'ai rendez-vous avec l'entrepreneur, mais après, je suis libre comme l'air !

Nous convenons de nous voir dans l'après-midi, et je lui indique l'adresse de la maison. Je me sens toute chose, sous le sempiternel regard agacé de Gabriel. Je lui fais mon plus beau sourire avant d'ouvrir la porte, en le remerciant de sa patience. Nous entrons dans la pièce, et je pousse le volet pour laisser pénétrer la lumière. Il regarde d'un œil suspicieux la table et les chaises en formica, avant de s'asseoir sans que je l'y invite.

— Je vous proposerais bien un café mais, comme vous pouvez le voir, c'est très spartiate, ici.

— Je ne bois pas de café, donc ça ira très bien comme ça.

— Ah. Euh, d'accord.

— Bon, on commence ? me demande-t-il sans un regard. Dès mercredi, une première équipe va venir casser les murs et tout déblayer. Une benne pour les gravas sera installée devant la maison pendant quelques jours. A priori, ça ne devrait pas durer trop longtemps, on ne casse rien de porteur. Je vous ai apporté les catalogues des nouvelles collections de mes fournisseurs. Ici, ce sont les produits en stock. Je vous avoue que ça m'arrangerait si vous faisiez votre choix parmi ceux-là. Si on commande, ça risque de prendre du temps, et j'imagine que vous avez hâte que tout soit terminé.

— Oui, mais j'ai aussi envie d'avoir un sol à mon goût et pas n'importe lequel, sous prétexte qu'il est disponible. Laissez-moi voir…

Je lui lance un regard peu amène en lui prenant le catalogue des mains. Il ne va pas me dicter sa loi sous prétexte que ça l'arrange, quand même ! Même si, effectivement, j'aimerais bien que ça se termine vite pour ne plus embêter Antoinette. J'ai obtenu de lui faire des courses une fois par semaine, mais elle refuse toujours de me demander le moindre loyer. Ça me gêne, même si c'est adorable de sa part. Par chance, les matériaux en stock sont plutôt chouettes et en accord avec ce que j'imaginais. Tout le bas de la maison sera recouvert d'un parquet aux lames larges, qui sera découpé au niveau de la cuisine pour intégrer des carreaux de ciment. Ainsi, les différents espaces seront identiques, et le carrelage actuel disparaîtra. La cuisine sera commandée dans un magasin très connu (et très suédois), et livrée rapidement. Gabriel soutient mordicus que c'est une très mauvaise idée. Moi, je tiens à avoir des meubles de cuisine entièrement noirs. Tout le reste de la pièce sera blanc, le parquet sera clair, les carreaux de ciment apporteront de la couleur, tout comme la table et les chaises roses. Ce sera beau, j'en suis convaincue ! Je crois entendre Gabriel grommeler que je suis têtue comme une mule. Il a bien raison. La salle de bains sera posée par une autre équipe la semaine prochaine, dès que le plombier sera passé faire les branchements appropriés. J'ai déjà choisi les éléments, tout comme la fine mosaïque qui recouvrira l'intérieur de la douche. Mais avant ça, une fois les murs cassés, un électricien refera une partie de l'électricité de la maison. Avant les peintures qui clôtureront ces travaux, une baie vitrée sera posée pour accéder à l'extérieur de la maison.

Il faut aussi que je trouve quelqu'un pour s'occuper de la cour, envahie de mauvaises herbes. J'imagine que je pourrais le faire, mais je n'en ai pas le courage.

Nous réglons les derniers détails, puis Gabriel me

demande s'il peut refaire un tour de la maison avant de partir. Je le suis docilement dans chaque pièce où il prend de nouvelles mesures, note dans son carnet, et inspecte chaque recoin. Arrivé tout en haut, il s'arrête.

— Vous allez laisser cet étage comme ça ?

— C'est-à-dire ?

— Eh bien, je vois que, depuis la dernière fois, vous avez bien avancé sur les différentes pièces, mais que ces deux-là n'ont pas bougé. Est-ce que c'est parce que vous ne voulez pas y toucher ?

— Euh… Non, c'est juste que je n'ai pas eu le temps de m'en occuper. Je m'y attaque cet après-midi.

Qu'est-ce que ça peut lui faire ?

— Oh ! d'accord. Vous n'êtes pas très efficace, je ne vous embaucherais pas, vos amis et vous.

— De quoi je me mêle ? Vous avez un sacré toupet de me dire ça ! Ça ne vous regarde pas. Sachez malgré tout que j'ai tout déblayé seule ou presque. Ça fait une semaine que je passe toutes mes journées ici, à remplir des sacs-poubelle, vider, trier, ranger, prendre des rendez-vous pour donner des meubles, porter des trucs qui pèsent un âne mort, quitte à me briser les reins. Alors, vos remarques, vous pouvez vous les mettre où je pense ! Je sais bien que Nanou vous considérait comme un membre de la famille, mais ça ne vous donne aucun droit de vous comporter comme un gros con. Si ça vous emmerde autant que la tête de six pieds de long que vous tirez quand vous venez ici, ne venez plus et envoyez un de vos ouvriers !

Je suis sans doute rouge comme une tomate, et j'ai tout à fait conscience de surréagir, seulement, sa réflexion est la goutte d'eau qui fait déborder le vase. On ne s'est vu que deux fois, on s'est eu à peine plus au téléphone, pourtant, il me donne l'impression d'être tout le temps de mauvais poil. Avec tout ça, je suis un peu à fleur de peau et je sens les larmes me monter aux yeux.

— Je suis désolé. Je vis des moments difficiles, et je me comporte comme un con. Je n'aurais pas dû vous parler comme ça. Ni avoir ce comportement avec vous. Vous êtes sans doute charmante. Malheureusement, vous me faites beaucoup penser à mon ex-femme. Or, c'est compliqué. Très compliqué. Elle me pourrit la vie. Quand je vous ai vue la première fois, cette ressemblance ajoutée au fait d'avoir poireauté devant la porte, ça m'a mis hors de moi. En soi, ça n'était pas bien grave, mais le simple fait de vous voir… Dès que je vous vois, je la vois. Je n'y peux rien, c'est plus fort que moi, je me comporte comme j'aimerais me comporter avec elle.

— Oh. Eh bien, je ne suis pas elle et je suis très gentille. Et jamais il ne me viendrait à l'idée de vous pourrir la vie. Vous êtes entrepreneur, je suis une cliente. Je veux juste que vous fassiez ces travaux, pour me permettre d'emménager au plus vite. Désolée que vous ayez des soucis personnels, vraiment, mais ça ne me regarde pas. Et si me voir vous est si difficile, vous n'avez qu'à me téléphoner.

Il doit être sacrément mal dans ses baskets pour se comporter comme ça, mais assez honnête pour le reconnaître. Du coup, je me radoucis et lui souris gentiment.

— Enfin, je comprends que, parfois, la vie personnelle prenne beaucoup de place. Je ne vous en veux pas. Je commençais à croire que j'avais fait un truc de travers, mais si c'est juste que je ressemble à quelqu'un, on ne peut pas vraiment dire que c'est ma faute !

— Oui, oui, je sais… Je suis totalement fautif. Ça ne m'arrive jamais d'habitude… Vous avez raison, ma vie personnelle n'aurait pas dû interférer dans notre relation, qui est strictement professionnelle. Ça ne me ressemble pas du tout. Pour tout vous dire – et ce sera là la seule mention que je ferai de cette histoire –, ma femme veut partir à l'autre bout de la France avec notre fille. Je dois déjà me battre pour la voir, alors qu'on habite dans la même ville, alors je n'imagine même pas ce que ça va donner, si mille kilomètres nous séparent !

— Oh. Je suis désolée. Je comprends que ça puisse être difficile à gérer.

Il lève vers moi ses yeux de chat, et je réalise qu'ils ont une couleur verte presque irréelle. Je lui presse doucement l'épaule en un geste compatissant, sentant du même coup sous la main sa musculature. L'espace d'un instant, j'ai l'impression qu'il va m'embrasser, mais le charme se rompt presque immédiatement, et il se reprend très vite.

— C'est très bien. Les ouvriers arriveront jeudi à 9 h 30 pour commencer les travaux. De mon côté, je m'occupe de contacter les fournisseurs et de caler la pose avec mes gars. Je ne sais pas quand nous aurons l'occasion de nous revoir. Peut-être en fin de chantier. Si vous avez le moindre souci, n'hésitez pas à m'appeler. Voici ma carte avec mon numéro de portable.

— D'accord, merci, je n'hésiterai pas si… j'ai un problème.

Une certaine gêne plane au-dessus de nos têtes, quand je le raccompagne jusqu'à la porte. Je ne sais pas ce qui vient de se passer ; c'était très bizarre. Ce type n'est pas censé m'attirer, pourtant, je l'ai trouvé tellement touchant avec ses excuses et son histoire de papa désespéré… que je suis presque déçue qu'il ne m'ait pas embrassée. Et la perspective de voir David cet après-midi me rend toute chose aussi. Après des mois de solitude, me voilà avec le cœur (et pas que) qui balance entre deux hommes !

Comme David ne viendra pas avant plusieurs heures, et que j'ai bien besoin de m'aérer l'esprit, je pars me balader dans une rue commerçante proche de chez moi. Je prends un sandwich en passant et le mange tout en regardant les vitrines.

Soudain, mue par une inspiration inopinée, je m'arrête devant la porte d'un coiffeur. Je me suis laissé pousser les cheveux depuis que j'ai quitté Paris, et ils ont désormais une belle longueur. Seulement, comme je passe le plus clair de mes journées dans la maison, je les porte tout le temps attachés. Je fais confiance à la jeune femme qui me prend en charge et lui donne carte blanche. Elle me propose alors de faire don de mes cheveux à une association, et de voir ensuite quelle coupe me plairait. Je n'ai pas envie de réfléchir et la laisse décider. J'imagine la tête de Bénédicte quand je vais lui raconter que j'ai permis à une jeunette de me couper les cheveux sans aucune indication !

Au bout d'une bonne demi-heure, j'ai les cheveux coupés en un carré court, légèrement effilés, et surtout, une petite frange courte qui me donne dix ans de moins ou presque. C'est bien simple, je me regarde dans le miroir et me reconnais à peine. Aujourd'hui, je porte des lunettes avec une monture ronde dorée, et on dirait une étudiante qui sort de cours.

Je suis enchantée de ma transformation et quitte ce salon requinquée et allégée. Cette transformation physique est une étape de mon changement de vie. Ces deux dernières semaines, je n'ai pas pris soin de moi, je n'ai pensé qu'à la maison et aux travaux. Ce petit relooking me donne des ailes !

Chapitre 15

David arrive, alors que je viens toute juste de rentrer. Il marque un temps d'arrêt en me voyant, et je fais la même chose, car il a dans les mains un énorme bouquet de fleurs.

— Alice ! Tu es superbe ! Cette coupe te va à ravir. Tu étais déjà très jolie… Mais là… tu es sublime !

— Pfff, arrête, tu vas me faire rougir…

— Si, je t'assure.

Il ajoute, voyant mon regard insistant sur les fleurs :

— Je ne savais pas quoi t'apporter, vu que tu n'habites pas encore ici et qu'il est un peu tôt ou un peu tard, je ne sais pas, pour du vin. Et puis, je me suis dit que des fleurs, ça faisait toujours plaisir.

— Merci, elles sont magnifiques.

J'accompagne mon remerciement d'un baiser léger sur sa joue et le fais entrer. Je suis touchée par ce geste, qui me paraît adorablement désuet. Je crois bien que c'est la première fois qu'un garçon m'offre des fleurs, en trente années de vie. Je le dis à David, qui me regarde avec des yeux ronds.

— Je viens donc d'apprendre deux choses qui me surprennent. La première, qu'aucun homme n'a eu la gentillesse de t'offrir des fleurs et c'est franchement nul. La deuxième, que tu es plus vieille que moi ! Pas de beaucoup, mais je ne l'aurais jamais pensé. Tu fais plus jeune !

— Je suis plus vieille que toi ? Ouch… De beaucoup ?

— Je viens d'avoir vingt-sept ans…

— Oh ! mais tu es un bébé !

— Arrête, trois ans, c'est rien ! Et puis, les petits jeunes peuvent te surprendre, tu sais…

Il ponctue sa phrase d'un petit haussement de sourcils comique, qui me fait éclater de rire. J'adore ce mec, je me sens super bien avec lui. Sans prise de tête, toujours de bonne humeur et bourré de charme. Pour autant, même s'il fait de petites remarques à double sens, il n'est pas du tout dans la séduction. C'est aussi reposant que frustrant.

Nous montons dans le bureau, la pièce d'Yvonne, où mon but est de mettre un peu d'ordre dans les livres qui occupent tout l'espace disponible. Je commence par trier les romans et autres livres qui ne m'intéressent pas, et qui seront déposés dans la boîte à livres du quartier. Ensuite, je mets de côté ceux qui me plaisent et que je replacerai dans les rayonnages, dès que j'aurais redonné un petit coup de jeune à la pièce. Je crois bien que c'est mon endroit préféré de la maison, et c'est bien parce qu'aucun lit ne pourrait y entrer que je n'en ferai pas ma chambre. Nous progressons si bien qu'au bout de quelques heures la pièce a gagné en espace disponible.

— Ça doit te faire bizarre d'être ici. Je veux dire… C'est incroyable, ce qui t'arrive ! Cette dame qui te lègue tout. C'est un peu l'histoire du vieil oncle d'Amérique qui meurt en te laissant une petite fortune. Comme dans les films !

— Oui, enfin, tu sais, une fois la succession et toutes les taxes payées, les travaux terminés, il ne me restera plus grand-chose… Mais c'est vrai que je suis propriétaire d'une jolie maison pleine de souvenirs. Ma famille s'était éloignée de Nanou, ces dernières années, et j'en veux vraiment à ma mère pour ça. Je m'en veux aussi... On a tendance à reporter à plus tard les visites, les appels, en se disant qu'on a le temps. Ça faisait des mois que je me disais qu'il fallait que j'aille lui rendre visite. On s'appelait très souvent ; à chaque fois, elle me demandait quand j'allais venir. Et moi, j'avais toujours une bonne excuse pour ne pas le faire. Le boulot, une soirée, une sortie, ou juste pas l'envie de faire le trajet.

— Je comprends. La puissance des habitudes et du confort... Mon histoire n'est pas identique à la tienne, pourtant j'y vois des similitudes. On remet à plus tard, et après, on regrette. J'ai passé ma vie à faire ça. Je restais dans ma coquille, je ne m'ouvrais pas aux autres, me contentais de ma console et de mon ordi. Ma vie était facile, je faisais tout le temps la même chose, je refusais les sorties, parce que j'étais bien chez moi. Et puis, je me suis rendu compte que j'étais tout seul comme un con. Mes amis commençaient à vivre leur vie, à tomber amoureux, à changer de boulot, à voyager. Moi, je ne faisais rien. Même mes proches perdaient patience. Au début, mes potes continuaient à m'inviter, puis plus du tout. Je m'étais même éloigné de ma famille, c'est dire... Je ne sais pas vraiment quand j'ai changé, j'imagine que ça s'est fait progressivement. Aujourd'hui, je profite de chaque jour comme si c'était le dernier. Dit comme ça, ça fait vraiment psychologie de bistrot, mais c'est si vrai !

Nous nous sommes assis dans les fauteuils installés face à la fenêtre tout en discutant. Nous sommes assez proches l'un de l'autre. Lorsqu'il finit de parler, il enlève ses lunettes pour les nettoyer, et je remarque ses yeux pour la première fois. Ses cils sont incroyablement longs, on pourrait penser qu'il porte du mascara, et leur couleur est d'un marron assez clair. Ils sont très beaux, presque féminins. Moi qui suis une fan de lunettes, je trouve qu'il devrait passer aux lentilles, le monde serait bien plus joli !

Après l'avoir observé un moment, je reprends :

— Non, pas du tout. C'est très cliché, mais c'est très vrai. Je suis sensible aux signes du destin. Pour le coup, ces derniers mois m'ont fait énormément réfléchir à tout ça. Je n'ai pas eu le choix de sortir ou non de ma zone de confort. Mon mec m'a quittée, mon appartement a été vendu et j'ai dû déménager. Tout ça en quelques semaines à peine. Est-ce que je suis malheureuse ? Non, pas du tout ! Je crois même que je n'ai jamais été plus heureuse de toute ma vie. Cet héritage qui m'est tombé dessus était inespéré. Et puis, je ne peux que voir un signe dans le nom de ma nouvelle rue. Rue de l'Espoir, j'adore ! Aujourd'hui, je reconstruis mon existence et je me rends compte qu'avant je me contentais de ce que j'avais. J'adorais mon appartement et le quitter a été un déchirement. Mais, cette petite maison, je vais pouvoir la décorer et la meubler à mon goût. Ce sera mon chez-moi, MA maison. Et côté cœur… Eh bien, je me rends compte, après l'avoir perdu, que mon ex était un vrai con. Je ne sais pas pourquoi j'ai perdu tout ce temps avec lui. Quoi qu'il en soit, notre rupture a été l'une des meilleures choses qui me soient arrivées !

— Je suis absolument ravi de l'entendre ! Ce que j'espère entendre aussi, c'est que tu es prête à te lancer dans une nouvelle histoire. Non non non, ne dis rien ! J'attends ! Oh ! je suis désolé, dit-il en regardant sa montre, j'ai encore quelques minutes à te consacrer, puis je devrai filer. J'aurais adoré passer plus de temps avec toi, mais j'ai un rendez-vous. Ne t'inquiète pas, mon cœur est toujours à toi, ce n'est pas un rendez-vous galant. J'accompagne ma filleule au ciné, elle veut aller voir une daube, et Ludivine, ma chère sœur, cette vile manipulatrice, a réussi à me persuader d'y aller avec elle.

— D'accord, alors amuse-toi bien, dis-je avec un air un peu déçu, j'espère que le film te plaira.

— Ne fais pas cette tête, je serais capable de planter ma filleule, si tu continues ! J'aurais adoré passer la soirée avec toi, mais j'ai promis. Je reviens quand tu veux, je suis entièrement à ta disposition !

— Ne t'inquiète pas pour moi. Je vais rester encore un peu et tenter de percer les secrets de ma tante. Je pensais que tu resterais plus longtemps, mais ça n'est pas grave. Va, amuse-toi !

Je sens qu'il hésite un peu avant de se lever et partir. Je me lève à mon tour et, sans un mot, je lui prends la main. Il me regarde avec surprise puis, avec un petit sourire, il me serre la main un peu plus fort.

Lorsque nous sommes en bas, il me dit au revoir. Je sais qu'il s'apprête à m'embrasser, aussi je détourne doucement le visage pour lui faire la bise. Je suis complètement perdue et un peu chamboulée. Je suis troublée par David et Gabriel. Mais ma relation avec ce dernier doit rester professionnelle. Au moins pour un temps. Et je ne me vois pas me lancer dans quelque chose avec David, si je ne suis pas sûre de moi. Entre les deux mon cœur balance ; je ne veux pas me tromper. Je sens bien dans le regard de David qu'il ne comprend pas mon comportement. Pourtant, il ne dit rien. Il se contente de me souhaiter une bonne soirée.

Restée seule, je remonte dans la pièce en face du bureau pour trier les photos. Je m'assieds par terre et reprends celles trouvées la dernière fois. Je les classe dans un carton, et mets de côté celles sur lesquelles je ne reconnais personne. Je n'aime pas jeter les photos, ma mère m'a toujours dit que ça portait malheur, mais il y en a tellement que je ne peux pas toutes les garder. Je regarde une fois encore celles d'Yvonne. Elle était vraiment très belle, le pendant de Nanou en brune. Elle avait les cheveux longs et les portait relevés la plupart du temps en une coiffure assez compliquée. Ses yeux en amande étaient toujours très maquillés. Je la retrouve sur plusieurs clichés de groupe, partageant plus d'une fois avec Nanou des regards qui en disent long. Après une journée presque entière à trier, la pièce est moins encombrée, et je peux enfin imaginer ce que je pourrais en faire. Il y a la place pour mettre un lit et en faire une chambre d'amis.

Avec un pincement au cœur, je songe aussitôt que je n'ai pas d'amis qui pourraient y dormir. Depuis que je suis à Lille, je n'ai aucune nouvelle de mes soi-disant amis parisiens. Tous ceux qui s'étaient éloignés, à la suite de ma rupture avec Tristan, ont totalement disparu du paysage. Si j'échangeais encore quelques messages avec deux ou trois copines, je n'ai à présent plus du tout de nouvelles. J'ai vainement tenté de maintenir un lien avec elles, mais elles ne me répondent plus. J'ai quasiment déserté Facebook. Mes dernières visites sur leurs profils m'ont bien fait comprendre que je n'existais plus pour elles. Les photos de soirées où Tristan apparaît très amoureux de sa nouvelle copine m'ont fait du mal. Pas parce qu'il me manque, parce qu'il ne m'a jamais regardée comme il la regarde. C'est idiot de ma part, pourtant, je ressens une certaine jalousie à l'égard de cette fille. La vérité, c'est que je me sens incroyablement seule. Bénédicte, Samia et Camille sont devenues ce qui se rapproche le plus du concept de meilleures amies, seulement, elles ont leurs propres vies et leurs propres amis. Camille et Samia vivent leur histoire. Bénédicte a réussi à se tisser un réseau de connaissances en très peu de temps, ce qui m'impressionne vraiment.

Pour l'instant, je n'ai rencontré aucun de leurs amis,

sans savoir pourquoi elles n'ont pas souhaité m'intégrer à leur cercle. Même Antoinette est entourée de ses copines. Si elle me propose souvent de me joindre à leurs petites sauteries, il n'en reste pas moins que ce sont des copines de plus de quatre-vingts ans.

Ce soir, j'ai le moral dans les chaussettes, et je regrette d'autant plus que David ne soit pas resté. Il en voudrait plus, mais je suis paumée et, ce soir, c'était d'un ami dont j'avais besoin.

Je suis interrompue dans mes sombres pensées en découvrant une large boîte en bois nichée dans une étagère de la mansarde. Cachée derrière les cartons, je ne l'avais pas remarquée avant. Joliment ouvragée, elle est composée de plusieurs essences de bois imbriquées les unes dans les autres pour former des motifs géométriques. J'ouvre et, un peu déçue, n'y trouve que des babioles. Une paire de boucles d'oreilles fantaisie, un énorme camée monté en broche, de vieux tickets de cinéma aux couleurs passées… Rien qui ne me semble vraiment intéressant. Je suis sur le point de refermer le couvercle, lorsqu'un détail me met la puce à l'oreille : la profondeur me semble faible, par rapport à la hauteur. Et s'il y avait un double fond ?

Je pose le contenu sur le sol et entreprends d'en inspecter l'intérieur. De prime abord, le fond, lui aussi ouvragé, semble tout à fait classique. Je tâtonne, appuie ici et là… L'un des côtés bascule enfin pour découvrir un double fond. Je suis surexcitée par ma découverte et en oublie presque mon humeur négative.

Je découvre un paquet de trois ou quatre lettres. Je les sors délicatement et les observe un moment. Elles me paraissent assez anciennes et ne sont pas toutes adressées à la même personne. Certaines sont destinées à une personne au nom polonais, d'autres sans doute à

Nanou sous son nom de jeune fille, le même que celui de la première personne.

J'ouvre la première lettre et lis avec horreur les quelques lignes qui la composent. D'une écriture très soignée, son auteur, anonyme, informe celle que je suppose être la mère de Nanou que cette dernière entretient des relations contre nature avec la fille du contremaître de l'usine, où visiblement tout le monde travaillait. Sous couvert de bienveillance, cette personne livre à la mère de Nanou son secret le plus gardé. Ces quelques lignes ont sans doute changé à jamais sa vie. J'imagine que c'est à la suite de tout ça qu'elle a été obligée d'épouser mon oncle.

Je lis et relis les lignes qui composent cette lettre avec une colère sourde. Comment peut-on sciemment détruire la vie de quelqu'un de cette façon ? Je sais bien qu'à l'époque ce genre de relation devait être incroyablement choquante, mais quel est l'intérêt de venir mettre le bazar dans l'existence des gens ? Je replace l'ignoble missive dans son enveloppe, et la pose de côté. Je tire de la boîte une deuxième enveloppe, dont l'un des côtés semble avoir été partiellement brûlé. Cette fois, cette lettre est destinée à Nanou et l'écriture est bien moins soignée, comme si elle avait été écrite dans l'urgence. Un regard vers le bas de la lettre m'apprend qu'elle provient d'Yvonne.

Mon amour,

Mes parents ont reçu la même lettre que ta mère. Je te laisse imaginer leur réaction. Ils m'envoient quelque temps chez une tante qui a besoin d'aide dans son atelier de confection, dans le centre de la France. Je pars immédiatement et, même si mon cœur saigne de ne pas pouvoir te voir une dernière fois, je sais que c'est la chose à faire.

Chéris les moments que nous avons passés ensemble, mais ne cherche pas à me contacter.

Et surtout, surtout, sois heureuse.

À toi à jamais,

Yvonne

Mon cœur se serre en imaginant Nanou recevoir cette lettre et se désespérer de ne plus jamais revoir celle qu'elle aime. Cette histoire est tellement romanesque ! Savoir qu'elles ont pu se retrouver par la suite me fait monter les larmes aux yeux. La troisième enveloppe renferme deux télégrammes. L'un informe les parents de Nanou que les parents de mon oncle les convient, leur fille et eux, à venir boire le thé. Sans doute pour parler mariage. Je ne sais pas comment ça se passait à l'époque, mais j'imagine que tout s'est déroulé très vite et de manière formelle. Le deuxième télégramme indique en retour que ces derniers en seront ravis. Je trouve également au fond de la boîte un mouchoir joliment brodé de petites fleurs bleues. Des myosotis, ces fleurs dont la signification est : « Ne m'oublie pas. » Sans doute laissé par Yvonne à Nanou avant son départ.

Je range le tout et réinstalle le double fond. Je ne sais pas quoi faire de tout ça. Je ne m'imagine pas les jeter, mais je ne me vois pas non plus les enfermer dans un simple carton. C'est sans doute idiot, mais je me dis que cette histoire d'amour mérite mieux que ça. Un écrin à sa juste valeur. Je fouille un peu dans le bazar entreposé dans la pièce, et en sors un carton à chapeau richement décoré. Voilà ce qu'il me faut ! J'y dépose les photos représentant Yvonne seule ou avec Nanou et la boîte secrète. Peut-être découvrirai-je d'autres choses sur leur histoire, mais j'ai au moins la satisfaction de me dire que Nanou serait heureuse que ces souvenirs soient joliment conservés.

En continuant mes recherches, je découvre quelques 33 tours, sur lesquels s'affiche le visage souriant d'Yvonne, qui chantait manifestement dans un petit groupe qui a eu assez de succès pour sortir plusieurs albums. Nanou a conservé également des coupures de presse, qu'elle a soigneusement découpées et collées dans un petit cahier d'écolier. J'imagine qu'elle l'a fait à une époque où elle ne voyait plus Yvonne, et que c'est ainsi qu'elle a maintenu le lien entre elles. J'ai l'impression de participer à une chasse au trésor, où chaque découverte me rapproche un peu plus de Nanou. Grâce aux lettres et aux dates que je découvre au fur et à mesure, je retrace le fil de l'histoire qui a lié ces deux amoureuses.

Soudain, mon regard se porte sur une petite enveloppe dont je reconnais immédiatement l'écriture fine et étroite. Celle de mon père. Il y en a même plusieurs, presque une dizaine. J'ouvre la première et mon cœur se serre. Je les ouvre les unes après les autres, et les larmes me montent aux yeux. Je comprends tout. La distance, le silence…

Dans la première carte, mon père présente ses vœux à Nanou et s'excuse des paroles malheureuses de ma mère. Il tente maladroitement d'expliquer pourquoi elle a violemment réagi à sa découverte. À n'en pas douter, ma mère a percé le secret de Nanou, et son intolérance a pris le dessus. J'aime ma mère de tout mon cœur, mais je sais qu'elle a des idées préconçues sur beaucoup de sujets, dont l'homosexualité qu'elle a toujours considérée comme contre nature. Je me suis souvent demandé comment elle aurait réagi, si je lui avais annoncé que je préférais les filles. J'en ai une petite idée en lisant les quelques lignes que mon père a envoyées à Nanou.

Je poursuis ma lecture et je réalise qu'en cachette de

ma mère mon père a adressé une carte de vœux à Nanou chaque nouvelle année. Jusqu'à sa mort, il lui a écrit, donnant des nouvelles de notre famille. Mes résultats scolaires, le travail, la santé… Chaque fois, il a terminé en demandant à Nanou de ne pas lui répondre. Quelle violence… Une pauvre vieille dame, toute seule, qui n'avait plus aucune famille et qui recevait chaque année un seul et unique courrier, dans lequel on lui rappelait son statut de paria, parce qu'elle n'aimait pas la bonne personne. C'est tout simplement intolérable !

Je suis tellement en colère que je prends mon téléphone pour appeler ma mère. Elle décroche au bout de quelques sonneries.

— Alice ? Ça va ? Il y a un problème ?

— Maman, pourquoi est-ce que l'on a arrêté d'aller chez Nanou aussi soudainement ?

— Alice, il est près de 23 heures, ce n'est pas une heure pour téléphoner aux gens !

— Désolée. Je me fous de l'heure. Je voudrais que tu répondes à ma question.

— J'imagine que tu es dans sa maison. Et que tu as fait quelques… découvertes…

— Oui, on peut dire ça comme ça. Mais j'aimerais l'entendre de ta voix. J'aimerais comprendre pourquoi, du jour au lendemain, on a arrêté de rendre visite à une vieille dame seule, qu'on a laissée plus encore dans sa solitude.

— Ta tante avait des mœurs incompatibles avec mes croyances. Je sais très exactement ce que tu vas me dire, mais c'est ainsi. C'est quelque chose que je ne peux accepter.

— Maman, comment as-tu pu t'éloigner d'elle… juste pour ça ? Elle n'était pas une criminelle ! Que tu n'acceptes pas ses préférences, c'est une chose, mais que tu l'abandonnes de cette manière !

— Elle ne se contentait pas d'avoir des préférences, elle se pavanait au bras de cette femme comme si elles étaient… je ne sais pas moi, mari et femme ! Cette femme vivait avec elle, elle profitait de son argent. Les rumeurs allaient bon train, c'était invivable. Les voisins parlaient, tu sais… Nos connaissances communes devenaient suspicieuses, elle était l'objet de moqueries. On me parlait d'elle, les gens en riaient. Mais ils n'étaient pas étonnés. « C'est le showbiz. » Le showbiz, tu parles ! Elle n'avait qu'à rester discrète. Ça arrive d'avoir des préférences étranges ; on se doit de les garder pour soi.

— Des préférences étranges ? Dans quel monde, dans quel siècle vis-tu ? Maman, tu te rends compte qu'aujourd'hui Nanou pourrait vivre son histoire avec Yvonne au grand jour. Elles pourraient même être mariées et avoir des enfants ! Alors que tu as détruit notre relation avec elle…

— Ah, ne me parle pas de ça, ça me rend malade !

— Bon, maman, je vais te laisser maintenant. J'en ai assez entendu. Bonne nuit.

Je ne lui laisse pas le temps de répondre et je raccroche, le cœur au bord des lèvres. Je connaissais ses idées, et je pensais que ça s'arrêtait à quelques manifestations débiles de temps en temps. Mais elle a détruit la relation avec la seule personne de sa famille qui lui restait. Je me sens encore plus coupable d'avoir abandonné Nanou. Elle a sans doute passé ses dernières années persuadée que je partageais les idées de ma mère. Alors qu'en réalité j'ai été trop flemmarde pour venir jusqu'à elle. Je me sens tellement vidée que je suis incapable de rentrer chez Antoinette. Je m'installe dans les fauteuils du bureau, improvisant un lit de fortune extrêmement inconfortable. Pourtant, je m'endors en quelques minutes à peine, le cœur lourd.

Chapitre 16

Quand je me réveille, le soleil brille de mille feux directement sur mon visage. J'ai l'impression d'avoir couru un marathon tant chacun de mes muscles me fait mal. Je prends la direction de la maison d'Antoinette pour petit-déjeuner avec elle, avant de me souvenir qu'elle est à l'hôpital. Quelle cruche ! Avec tout ça, j'ai complètement oublié de prendre de ses nouvelles. Je farfouille dans les placards à la recherche de quelque chose de mangeable, puis file à la douche. Les visites ne sont possibles qu'à partir de 11 heures, j'ai donc un peu de temps devant moi.

Je décide d'appeler Bénédicte, que je n'ai pas eue depuis un moment. C'est quand elle décroche en chuchotant que je me rappelle qu'elle est au bureau. Décidément, je suis totalement à la ramasse, aujourd'hui… Je m'excuse platement mais elle me dit que, justement, c'est le moment pour elle de prendre sa pause. Cela me fait sourire, car il est à peine 9 heures ; elle doit être à son poste depuis quelques minutes à peine. Un bref instant plus tard, elle enchaîne avec une voix normale :

— Salut, ma belle, comment vas-tu ? J'ai bien cru que tu ne m'appellerais plus jamais !

— Pourquoi tu dis ça ?

— Eh bien, tu sors avec les filles, tu leur proposes même de passer la journée avec toi, et tu me zappes complètement ! En plus, j'ai cru comprendre que vous aviez découvert le grand secret !

— Désolée ! Tu m'avais dit que tu n'étais pas dispo samedi, alors on s'est vues à trois. Et comme je ne voulais pas t'embêter, je ne t'ai pas proposé de venir dimanche… Bon, en fait, pour être très franche, j'ai complètement oublié de t'en parler. Je n'assure pas, en ce moment.

— Je te charrie ! Il n'y a aucun souci. Je suis sortie samedi soir et rentrée à 4 heures du matin. Tu imagines bien que dimanche à 9 heures j'étais bien mieux au fond de mon lit que chez toi ! Même si ça m'a empêchée de tout découvrir. Tu n'en voudras pas trop aux filles, mais elles m'ont tout raconté !

— Eh bien, figure-toi que j'en ai encore appris hier. C'est pour ça que je t'appelle, d'ailleurs. Enfin, entre autres. Tout ça m'a fichu le cafard, et j'avais besoin d'entendre une voix amie et optimiste.

En quelques mots, je lui raconte mes découvertes de la veille et mon appel à ma mère. Si Bénédicte est souvent fantasque et parfois un peu bizarre, je me rends compte qu'elle est formidable pour remonter le moral. Elle me promet de venir me voir rapidement et de m'aider à déblayer le haut, mais aussi à faire les quelques travaux de peinture qui ne seront pas exécutés par les ouvriers de Gabriel. Elle trouve les mots justes pour me rassurer et je me sens un peu mieux.

Je raccroche le cœur plus léger et décide d'aller me balader, avant de rendre visite à Antoinette à l'hôpital. J'en profite pour téléphoner à la clinique et prendre de ses nouvelles. Elle n'est pas dans sa chambre car elle subit des examens toute la matinée, mais je préviens l'infirmière de ma venue.

Je décide d'aller me balader vers le bois de Boulogne. Je le traverse souvent en vélo, mais je n'ai jamais encore profité d'une balade à pied dans cet écrin de verdure, au cœur de la ville. Je m'arrête à un petit kiosque, où une jeune femme vend des salades que l'on peut créer selon ses goûts. J'adore l'idée ! Pour m'accompagner dans ma balade, j'ai eu l'idée de télécharger un livre audio sur mon téléphone. Au moins, en me concentrant sur l'histoire, j'évite de trop penser.

Soudain, une ombre s'approche de moi. Je fais un bond en poussant un petit cri de surprise.

— Oh là, on se calme, je ne vais pas vous croquer ! Pas la peine d'alerter tout le monde. Je voulais juste vous saluer. Je n'étais pas sûr que ce soit vous. Votre nouvelle coupe de cheveux vous va très bien !

— Oh. Gabriel. Bonjour. Euh, merci… Je ne vous avais pas vu, j'étais en pleine écoute d'un livre audio.

— Ah et c'est bien ce que vous écoutez ? Je ne sais pas si je réussirais à me concentrer sur un livre audio. Je crois que mon esprit papillonnerait dans tous les sens.

— Oh non ! Justement, je redécouvre le plaisir de lire comme ça. Moi, au contraire, ce sont les mots écrits qui m'empêchent de me concentrer. Je commence à lire, et mon esprit part immédiatement très loin. Et je ne vous parle pas de mes tentatives de lecture avant d'aller au lit. Une catastrophe ! Je m'endors au bout de trois minutes, montre en main !

— On vous a déjà chronométrée ?

— Oui. J'en ai un peu honte, mais mon ex petit ami se moquait toujours de moi parce que j'étais incapable de lire au lit, alors que lui dévorait des centaines de pages. Un jour, il a décidé de mesurer le temps qu'il me fallait pour m'endormir, un livre à la main. Deux minutes et cinquante-six secondes. Je n'ai jamais tenté de battre ce record, j'ai tout simplement arrêté de lire au lit. Enfin bref… Mes histoires de lit n'intéressent que moi. Qu'est-ce que vous faites là ?

— J'habite à deux pas et j'aime bien venir me promener ici, quand j'ai un peu de temps. Et comme votre chantier ne commence pas avant jeudi…

— Oh ! vous voulez dire que vous serez là jeudi ?

— Oui, j'ai été un peu optimiste quant au fait d'avoir assez de gars cette semaine. Alors, je filerai un coup de main.

— Eh bien, j'espère que ça ne sera pas trop compliqué pour vous de me voir, alors.

— Compliqué ? Pourquoi ?

— Par rapport à votre femme, vous savez… La ressemblance…

— EX-femme. En fait, avec vos cheveux plus courts, vous ne lui ressemblez plus tant que ça. Ça va être bien plus agréable de vous regarder.

Je me rends compte du caractère gênant de ce qu'il vient de dire, mais lui ne paraît pas gêné le moins du monde. Je rêve ou il me drague ?

— Oh ! euh… Merci. Ce sera aussi agréable de vous regarder. Enfin, je veux dire… De vous voir quand vous viendrez casser les murs… Enfin… Bon, je vous souhaite une bonne journée ! À jeudi, soyez à l'heure !

Totalement mortifiée, je tourne les talons et m'enfuis aussi vite que mes pas me le permettent. Je n'ai plus du tout envie de me balader, et j'arrive à la clinique un peu avant l'heure prévue.

Je suis accueillie par une Antoinette dans son joli peignoir… rose évidemment !

— Oh mon petit, je suis si contente de vous voir ! Vous m'excusez, je dois avoir une mine affreuse. Tous ces tests me fatiguent énormément…

— Non, Antoinette, vous êtes magnifique, comme toujours !

— Vous êtes une flatteuse ! Paulette est très gentille, hein, dit-elle en regardant son amie d'un air malicieux, mais j'en ai marre des histoires d'arthrose. J'ai envie de rêver un peu en écoutant vos folles aventures.

— Ouh là, vous risquez d'être déçue ! Je ne vis rien de bien romanesque ! Paulette, si vous voulez rentrer, je peux prendre le relais !

— Vous êtes sûre ? Ça ne me gêne pas de rester.

— Elle vous dit ça parce qu'elle a envie d'écouter vos histoires et de continuer à faire du gringue au docteur. Mais vous avez raison, mon petit, Paulette va rentrer se reposer et nous laisser entre colocs ! On a des choses à se raconter.

La petite dame toute ronde se lève en grommelant pour embrasser Antoinette sur la joue, en lui promettant qu'elle reviendrait le lendemain. Elle m'adresse un petit signe de la main tout en bougonnant qu'elle ne fait pas de gringue à qui que ce soit, et qu'elle ne comprend vraiment pas ce qu'Antoinette veut dire.

— Vous l'auriez vue, dès que le docteur passait dans le coin, on aurait dit une midinette ! C'est vrai qu'il est vraiment charmant. J'espère que vous aurez l'occasion de le voir. Je suis certaine qu'il va vous plaire.

Je ris doucement en l'aidant à se relever. Elle a la peau sur les os, et son état m'inquiète.

— Avez-vous eu des résultats, Antoinette ? Vous avez dû passer plusieurs examens, depuis hier ?

— Oh oui, quelques-uns. À vrai dire, rien de neuf. La machine est un peu grippée, elle est trop vieille que voulez-vous. Mais je crois bien qu'il n'y a rien de grave.

— Vous me dites la vérité, Antoinette ? Vous ne me le cacheriez pas, si ça n'allait pas ?

— Non, mon petit, je vous le promets, rien de grave, me répond-elle en me prenant la main, tandis que je m'assieds auprès d'elle. Et maintenant, racontez-moi les dernières nouvelles de la maison.

Je lui fais part, en détail, de mes dernières découvertes

et de mon incompréhension face à la réaction de mes parents, les lettres de mon père, l'appel à ma mère… Je finis en larmes, consolée par cette mamie que je ne connaissais pas il y a six mois, et qui est devenue si importante dans ma vie.

De sa petite voix, elle me rassure et me fait rire en se moquant d'elle-même.

— Bon, il faut vraiment que je sorte vite d'ici pour qu'on zigouille quelques zombies, toutes les deux. Vous allez voir, ça fait un bien fou ! En tout cas, je suis heureuse que vous ayez trouvé ces souvenirs, qui vous ont raconté l'histoire de Natacha. J'en avais connaissance, seulement, Natacha voulait que vous perciez son secret par vous-même. J'ignore pourquoi elle ne voulait pas que je vous en parle. Peut-être qu'elle voulait vous laisser découvrir tout ça pour vous découvrir vous-même.

— Cela exigeait que j'accepte la maison. Enfin, je veux dire… Nanou savait que mon appartement était vendu, je le lui avais appris l'une des dernières fois où je l'avais eue au téléphone. Mais elle ne savait pas que j'allais débarquer à Lille.

— Elle disait toujours que cette ville vous irait comme un gant. Elle était persuadée que vous finiriez par vous y installer. Le destin, mon petit… Le destin !

— Oui, vous avez sans doute raison. En tout cas, j'imagine que, même si j'avais vendu la maison, je l'aurais vidée et j'aurais découvert son secret. Mais j'aurais pu réagir comme ma mère, avoir les mêmes opinions…

— Elle vous connaissait bien. Elle savait lire derrière vos paroles, elle savait quand ça allait et quand vous faisiez semblant. Elle a tout de suite compris que votre Tristan était un fieffé crétin !

— Oh ! ne dites pas ça… Bon, OK, elle avait raison. C'est un crétin, et je suis bien mieux sans lui.

— Oh et, justement, je crois bien que c'est l'heure

de la visite du beau docteur. Vous allez voir, me dit-elle avec un clin d'œil, tandis qu'on frappe à la porte.

Un homme, d'une bonne cinquantaine d'années, fait son apparition, suivi à la trace par trois jeunes gens qui ont l'air de penser qu'il peut les dévorer à tout instant. Si c'est lui le beau docteur, je passe mon tour ! Je n'ai pas besoin d'un second père, c'est un mec qu'il me faut. Je me tourne vers Antoinette qui guette ma réaction, et lui sourit. Le Dr Mamour me demande de sortir, mais Antoinette insiste pour que je reste, en expliquant que je suis sa coloc. Le médecin me regarde avec des yeux ronds avant de poursuivre. Les résultats sont très encourageants, il ne faut à Antoinette que du repos et des repas plus variés et consistants. C'est vrai que ces derniers temps j'ai assez peu partagé mes repas avec elle, mais j'ai pu constater qu'elle picorait plus qu'elle ne mangeait. Le médecin lui demande de faire un effort car son organisme est affaibli. Je m'engage à manger avec elle chaque soir. Je reprends le travail la semaine prochaine et ne pourrai pas être là à midi, mais je peux au moins faire ça pour elle.

Le médecin me remercie et sort de la chambre, accompagné de sa cour. Antoinette se tourne vers moi avec les yeux rieurs d'une petite fille.

— Alors, vous le trouvez comment ? Il est beau, non ?

— Euh oui. Mais il est… Comment dire… Je recherche plus quelqu'un de mon âge. Il est très bien, juste un peu… âgé pour moi. Vous voyez ?

— Oh ! vous pensez ? Il a une quarantaine d'années à peine !

— Je suis désolée de vous contredire, mais je pense qu'il n'a pas loin de cinquante-cinq ans, plutôt.

— Ah oui ? Autant que ça ? Enfin, pour moi, c'est un petit jeune. Mais vous avez raison, il est trop vieux pour vous. Zut, moi qui pensais avoir trouvé l'homme de votre vie ! En tout cas, la bonne nouvelle, c'est que je sors demain. Je commence à étouffer ici !

Nous discutons un peu, avant de suivre une émission à la télévision qui semble passionner Antoinette. Pourtant, au bout de quelques minutes, j'entends son souffle régulier et découvre qu'elle s'est endormie. Pour patienter, le temps qu'elle se réveille, je prends le roman qu'elle a laissé sur sa table de chevet et commence à le lire. Je n'ai jamais entendu parler de l'autrice mais, de toute évidence, elle n'entrera pas dans l'Histoire par ses qualités d'écriture. Au bout de quelques pages, je me rends compte qu'il s'agit d'un roman érotique. Cette Antoinette me surprendra toujours ! Je continue ma lecture, prise malgré moi par l'intrigue – pourtant réduite à « l'héroïne va-t-elle tomber amoureuse de Monsieur X ou de Monsieur Y ? –, quand j'entends une petite voix près de moi.

— J'ai tous les livres de cette autrice à la maison, si vous voulez. Ne vous gênez pas pour les emprunter, je les ai lus plusieurs fois !

— Antoinette, vous lisez des romans érotiques ?

— Mon petit, vous croyez vraiment que toutes les grands-mères passent leur temps à tricoter devant la télé ? J'ai été jeune, moi aussi ! Et dans ma tête, je le suis toujours ! J'aime bien ce genre de lecture, c'est facile, c'est frais. Et puis, ça me permet de me rappeler des belles choses de ma jeunesse. J'ai été jolie, Alice. En me voyant, maintenant, vous avez sans doute du mal à l'imaginer, mais j'étais une sacrée pépée !

— Je l'imagine très bien. Vous êtes toujours très belle.

— Je sais que ce n'est pas vrai, mais vous êtes gentille de me dire ça. Sinon, y a-t-il un beau Lillois qui fait vibrer votre cœur depuis que vous êtes arrivée ? Nous vivons ensemble depuis plusieurs semaines, et je n'ai pas vu l'ombre d'un joli garçon dans les parages.

— Oh non, pas vraiment… C'est un peu compliqué…

— Ça tombe bien, j'ai du temps devant moi. Je n'ai pas grand-chose d'autre à faire.

— Eh bien, il y a ce garçon… Il s'appelle David. Je l'ai rencontré lors d'une soirée avec mes amies et, depuis, nous nous parlons beaucoup par messages.

— Par messages… De mon temps, on se parlait en tête à tête, c'était quand même bien plus pratique !

— On s'est revus aussi. On est allés au musée ensemble, puis il est venu m'aider à la maison. Il m'a clairement fait comprendre que je lui plaisais.

— Ah. Et… ? Il ne vous plaît pas ?

— Si. Il n'est pas vraiment mon genre, pourtant, il est très craquant. Et incroyablement gentil.

— Où est le problème, dans ce cas ?

— Eh bien, quelqu'un d'autre me plaît aussi. Je crois que c'est réciproque, même s'il est moins direct. Et moins gentil.

— Vous voulez dire qu'un homme méchant vous attire ?

— Il n'est pas méchant, pas du tout ! Il est blessé… J'ai cru comprendre qu'il avait eu une histoire douloureuse et que ça continue à mal se passer. Il a divorcé, et sa femme l'empêche de voir sa fille. Pour couronner le tout, elle veut emmener la petite à l'autre bout de la France. Sans compter que l'on a une relation professionnelle…

— Ah, vous travaillez ensemble ?

— Non… C'est… Gabriel, le neveu de Nanou.

— Cet homme un peu effrayant ? Mmm… Je peux comprendre qu'il attire les jolies jeunes femmes comme vous. Ce genre d'homme un peu sauvage fait toujours son effet.

— Eh bien, justement, pas sur moi, d'habitude. D'ailleurs, la première fois que je l'ai vu, j'ai trouvé qu'il ressemblait à un ours. Mais, sans que je comprenne pourquoi, je suis attirée par lui.

— Vous avez eu l'occasion de discuter avec lui, de connaître ses passions, ses envies, ses doutes ?

— Euh... Non, pas vraiment...

— Oh ! je vois. Vous êtes dans un cas de figure très simple. Le premier homme est celui avec lequel vous serez le plus à même de vivre une belle histoire d'amour. Le deuxième pourra vous rendre folle au lit !

Je manque de m'étrangler en buvant le thé que je viens de préparer grâce à la petite bouilloire qu'Antoinette a apportée.

— Antoinette ! Je refuse de parler de ça avec vous !

— Et pourquoi donc ? Je pourrais sans doute vous apprendre bien des choses.

— Non non non, je ne vous écoute plus !

— Ma petite, je ne vous donnerai qu'un seul conseil, c'est de suivre votre cœur. Si Gabriel vous remue bien plus bas que le niveau du cœur, vous pourrez passer avec lui des moments agréables. Mais si le charmant jeune homme qui vous emmène au musée fait battre votre cœur, alors vous saurez !

Quelques instants plus tard, je prends congé d'elle et lui promets d'être là pour son retour, le lendemain.

Plus tard dans la soirée, je repense à notre discussion. Effectivement, je suis attirée par Gabriel, mais je ne le connais pas. En même temps, j'aime la personnalité de David, qui me plaît aussi physiquement. Est-ce que mon choix n'est pas déjà fait ?

Chapitre 17

Le jeudi, je suis sur le pied de guerre à la maison dès 8 heures du matin. Gabriel m'a appelée la veille pour m'informer que les gars seraient là dès 9 heures, pour commencer à casser les murs. Dans la journée, l'électricien devrait également passer pour refaire une partie du circuit, qui est trop vieux. J'ai tout prévu, et apporté un thermos de café et des viennoiseries. Je tente de sortir dans la cour, mais les herbes folles dans lesquelles je reconnais quelques pieds d'ortie me retiennent.

Les minutes passent, et je ne vois toujours personne. Comme Gabriel m'avait dit qu'il y avait du boulot, j'ai cru qu'ils arriveraient en avance… Au final, je le vois débarquer seul à 9 h 30, sans aucun matériel.

— Bonjour ! Les gars ne sont pas là ?

— Bonjour. Non, comme vous le voyez, vous êtes le premier. Et moi, je suis là depuis une heure et demie, à vous attendre.

— Ils ont dû avoir un souci sur la route. On devait se retrouver ici à 9 heures, comme je vous l'ai indiqué. Je les appelle.

Ça commence bien ! S'ils sont déjà en retard dès le premier jour, j'ai peur pour la suite. Au bout de quelques minutes Gabriel revient et me rassure. Un accident sur l'A1 les a retardés, mais ils seront là très bientôt. Un silence un peu gênant s'installe et je brise la glace en lançant la première chose qui me vient à l'esprit.

— Vous êtes célibataire ?

— Pardon ?

— Je... Enfin, dis-je mortifiée, c'est juste pour faire la conversation... Vous m'avez parlé de votre ex-femme, mais pas de votre compagne actuelle. Alors, je me demandais... Vous n'êtes pas obligé de répondre, bien sûr ! Je suis désolée, c'est très déplacé, je ne sais pas ce qui m'a pris.

— Oui.

— Comment ?

— Oui, je suis célibataire.

— Ah. D'accord. Très bien. Enfin... Non, pas très bien, c'est triste pour vous... Enfin, bref...

Le silence se fait à nouveau, encore plus lourd. Bien joué, Alice, c'était la question idéale pour détendre l'atmosphère !

— Je ne vous retourne pas la question, puisque je connais la réponse.

— Ah oui ?

— Vous m'avez dit, la première fois qu'on s'est vus, que vous étiez tout ce qu'il y avait de plus célibataire.

— Ah. Ça pourrait avoir changé, c'était il y a un moment !

— Et ... donc ? Ça a changé ?

— Non... Malheureusement.

— Vous êtes une drôle de fille... Vous êtes marrante...

— Ah bon ? Eh bien, je ne le fais pas exprès...

— Écoutez, j'ai envie de vous demander quelque chose depuis un moment... Bon, allez, je me lance. Si vous trouvez ça malvenu, dites-le-moi...

J'avale ma salive.

— Oui ?

— Est-ce que vous accepteriez de dîner avec moi ?

Je voulais attendre la fin des travaux pour ça. Je sais qu'on a une relation professionnelle et que je ne devrais pas, mais voilà… vous me plaisez beaucoup et…

— D'accord.

— Vraiment ?

— Oui. Vous me plaisez aussi, et comme on n'a jamais vraiment parlé… Un dîner, c'est très bien.

Nous sommes interrompus par les ouvriers qui arrivent en parlant bruyamment. Le charme est rompu. Gabriel me dit qu'il m'appellera pour qu'on convienne d'une date.

Dès lors que les gars entrent dans la maison, il reprend son rôle de chef, et son côté autoritaire le rend encore plus sexy. Je reste quelques instants pour évaluer la façon dont je dois percevoir les travaux à venir : vais-je me trouver avec une jolie maison bien refaite, ou vais-je vivre un enfer avec des ouvriers qui font n'importe quoi ?

Au bout de quelques instants, je suis rassurée et je rentre à la maison pour voir Antoinette. Elle m'a promis de m'apprendre quelques astuces de cuisine. Elle n'arrête pas de me répéter qu'une des façons de réussir à se marier, c'est de faire de bons petits plats à son cher et tendre. Je me retiens de lui répéter que je ne cherche pas un mari et qu'en plus je n'ai aucune envie de servir de cuisinière à mon futur amoureux. Mais je sais qu'elle a été élevée avec ces idées et que, même si elle est très moderne sur plusieurs points, côté relations de couple, on ne peut pas en dire autant.

Je la trouve dans sa cuisine, avec un petit tablier à froufrous qui devait être très à la mode dans les magazines féminins des années 1950. Mes compétences en matière de cuisine se limitant à connaître le numéro de la pizzéria et, dans le meilleur des cas, à réchauffer un plat préparé, il y a du travail !

Au bout de deux heures et avec une patience d'ange, Antoinette m'a enseigné les bases de la cuisine. Je peux même dire avec une certaine fierté que je sais faire une mayonnaise et une béchamel tout à fait correctes. Si ma mère apprend ça, elle ne va pas en revenir ! Elle qui a vainement essayé de m'apprendre. Penser à elle me serre le cœur. Je ne l'ai pas rappelée ; je ne sais pas quand ni même si je réussirai à lui parler à nouveau, sans le fantôme de Nanou entre nous.

Après le repas, je laisse Antoinette à sa sieste et lui pique un de ses romans coquins pour lire un peu dans ma chambre. Apparemment, l'autrice en a écrit toute une collection qui reprend à peu près le même schéma : une jeune femme célibataire depuis longtemps se retrouve soudain avec deux prétendants super canons, et finit avec l'un des deux, après avoir couché avec les deux. Selon le livre, la ville et le métier de l'héroïne changent, tout comme son physique. Elle reste néanmoins canon, tout comme ses prétendants. Sans compter qu'ils ont une forme d'enfer et jamais de migraine.

C'est tellement passionnant que je finis par m'endormir.

Je suis réveillée en sursaut au beau milieu d'un rêve coquin. Il est plus de 18 heures, et c'est Gabriel qui m'appelle. Je décroche, la voix encore un peu enrouée.

— Alice, c'est vous ?

— Oui, je… Je m'étais assoupie, dis-je en toussotant.

— Les gars viennent de partir. On n'a pas fini de casser les murs du bas. Ils ont été plus coriaces qu'on ne le pensait. Et puis, il y a eu quelques soucis concernant l'électricité. Un de mes gars est dessus, ne vous inquiétez pas, ça va le faire. Du coup, je me disais que vous pourriez peut-être venir à la maison… Je vous montrerai ce qui a été fait, ce qui reste à faire et ensuite, nous irions dîner. Je vais juste repasser chez moi vite fait pour me doucher, et on se retrouve. Qu'en pensez-vous ?

— Oh oui, bonne idée ! J'espère que les soucis ne sont pas trop ennuyeux. Ça va se régler rapidement ?

Parce que, si vous commencez à avoir du retard dès le premier jour, ça risque d'être embêtant.

— Je n'ai jamais livré un seul chantier en retard, sauf en cas d'énorme souci. Le vôtre ne fera pas exception, me répond-il d'un ton presque agressif.

— Je n'ai pas dit ça, c'est juste que ça m'inquiète. Rendez-vous à 19h à la maison, si ça vous va.

— Très bien.

Je raccroche en songeant que s'il m'aboie dessus dès que je soulève un problème ça va vite m'agacer. Je file prendre une douche et me changer. Bon, qu'est-ce qu'on porte pour visiter un chantier avant d'aller au resto avec son entrepreneur bourru ?

J'opte pour un chemisier à pois avec une jupe longue et des tennis qui me donnent un petit air rétro. C'est parfait, féminin mais pas trop et, surtout, ça ne donne pas l'impression que j'ai mis un temps fou à choisir ma tenue.

Lorsque j'arrive à la maison de Nanou, un peu après 19 heures, je suis étonnée de voir une lumière tamisée dans le séjour. Pour faciliter les travaux, j'ai enlevé tous les luminaires, et de simples ampoules pendent du plafond. Gabriel m'attend, assis à la table en formica, un verre de vin blanc à la main. Une petite lampe est posée au sol et donne un côté quasiment inquiétant à la scène. L'image se voudrait sexy ou romantique mais, à vrai dire, j'ai presque l'impression d'être au beau milieu d'un épisode de *Faites entrer l'accusé*[1]. Il se lève et me tend le verre, en déposant un baiser sur ma joue. Sa barbe a disparu, et il est rasé de près. Il porte un

1. Émission de télévision dont chaque épisode retrace une grande affaire criminelle française.

jean moulant, une chemise ouverte sur son torse qui, à l'image du reste, l'apparente à un ours.

Après m'avoir parlé si sèchement, il m'invite avec douceur à voir ce qui a été fait. Il change d'humeur comme de chemise, ce type…

Ses ouvriers ont cassé la plupart des murs, mais au fond du séjour deux ont résisté et ne sont que partiellement cassés. Gabriel m'explique qu'ils sont porteurs et qu'ils ont découvert qu'au milieu de l'un d'entre eux un poteau devait rester en place. Une barre métallique viendra soutenir l'espace évidé, mais ils ne pourront rien faire pour ce poteau qui n'apparaissait dans aucun document et était totalement dissimulé. Moi qui rêvais d'un espace entièrement ouvert, je suis un peu déçue.

Nous montons ensuite à l'étage, où visiblement l'électricien a laissé son chantier en plan. Des fils électriques sont apparents dans des murs déformés par des tranchées énormes. J'en perds mes mots. Les quelques travaux de peinture vont se transformer en véritables travaux de rénovation ! Mes yeux manquent de sortir de mes orbites quand je vois ce qu'il y a à faire. Par bonheur, tout a été soigneusement protégé, et j'espère ne pas découvrir trop de poussière sur les meubles et les affaires de Nanou qui restent dans les pièces.

Je monte l'escalier pentu quatre à quatre pour découvrir avec soulagement que le bureau d'Yvonne n'a pas été défiguré. Gabriel me rejoint et tente de me rassurer.

— Ne vous en faites pas, on remettra tout en ordre. Et les murs seront enduits et peints, sans supplément.

— Encore heureux ! Vous me parlez de quelques menus travaux d'électricité et, dès le premier jour, les murs de la maison ressemblent à du gruyère !

— Le gruyère n'a pas de trous.

— Pardon ?

— Le gruyère n'a pas de trous. C'est l'emmental qui

en a. Écoutez, mon gars a merdé quand on a fait la visite pré-travaux. D'habitude il bosse super bien, mais là, il n'a pas su voir les problèmes. Ce qui fait que, quand il est intervenu aujourd'hui, il s'est rendu compte que l'installation tout entière était à revoir et que, pour ça, il devait faire des tranchées dans les murs. Je l'ai assez engueulé pour qu'il me fasse un super boulot. Vous aurez des murs lisses et bien blancs en un rien de temps, je m'y engage !

— Vous croyez qu'on aura d'autres surprises de ce genre ?

— Vous savez, les chantiers sur les vieilles maisons, c'est toujours compliqué. On ne sait jamais ce qu'on va trouver. Elles ont été transformées au fil des années. Et pas toujours dans les règles. Mais cette maison a l'air saine, c'est juste qu'elle est vieille et pas vraiment entretenue. Je ne peux pas vous promettre qu'il n'y aura pas d'autres découvertes désagréables. Par contre, je peux vous promettre que si surprise il y a je ferai tout pour que vous ne soyez pas déçue et que vous puissiez l'habiter au plus vite. OK ?

— OK.

Je n'ai pas d'autre choix que de lui faire confiance, mais ces travaux ne commencent pas sous de bons auspices.

Nous redescendons, et j'essaie de visualiser comment je vais pouvoir intégrer cet énorme poteau dans l'espace. Gabriel semble lire dans mes pensées et me donne des idées d'aménagement : une cuisine sur l'avant, puis un coin salon qui utilisera le poteau comme appui pour une étagère ou un meuble haut. Enfin, un coin repas, au fond, loin de la cuisine mais à côté de la future baie vitrée. En quelques minutes, il m'a permis de me projeter dans ce nouvel agencement, et je le suis à l'extérieur, un peu plus rassurée sur l'avenir du chantier.

Nous décidons de profiter de la douceur de la soirée pour nous rendre dans le Vieux Lille à pied. La ville a perdu une bonne partie de ses étudiants, et les rues sont assez calmes pour un jeudi soir. Gabriel me laisse le choix du restaurant. Je me décide pour un italien niché dans une petite rue pavée absolument adorable. Je remarque sa légère moue quand je lui annonce ma préférence, mais il se reprend bien vite et nous entrons dans l'établissement. C'est très joli, avec des pierres aux murs et une ambiance plutôt romantique. Moi qui ne voulais pas en faire trop, me voilà au beau milieu de la soirée la plus cliché qui soit !

Nous commandons un apéritif et, quand je demande un spritz, Gabriel me regarde avec un petit sourire.

— Quoi ?

— C'est la grande mode, ce truc, en ce moment. J'ai l'impression que tout le monde a découvert ça, alors que c'est franchement dégueulasse.

— Dites plutôt que vous n'aimez pas ça. C'est vrai que cette boisson est devenue très à la mode, mais si je n'appréciais pas, je n'en commanderais pas. Et, contrairement à votre bière, c'est italien !

Quelques minutes plus tard, le serveur pose devant moi le cocktail à la belle couleur rouge orangé, dans lequel flotte une tranche d'orange délicatement ciselée. À côté, la bière de Gabriel fait pâle figure. Le serveur en profite pour prendre nos commandes. Je me décide pour une pizza garnie de jambon, de mozzarella et de roquette. Gabriel commente mon choix en soulignant que c'est sympa de dîner avec une femme qui ne fait pas attention à sa ligne. C'est censé être un compliment, mais je ne peux m'empêcher de le prendre un peu mal. Il demande une pièce de bœuf sauce maître d'hôtel, un plat pas vraiment italien une fois encore.

— Si vous n'aviez pas envie de manger ici, il suffisait de me le dire.

— Non, c'est très bien. Leur viande est toujours excellente.

— Oh ! vous venez souvent ?

— Je *venais*. Le patron est le cousin de mon ex-femme. Alors, forcément, c'était un peu notre cantine.

— Oh désolée !

— Vous ne pouviez pas le savoir et, après tout, rien ne m'empêche de venir manger ici. Même si je vous avoue que je préférerais ne pas croiser Mateo. Disons que, comme mon ex-femme, je n'ai pas quitté sa famille en de très bons termes.

— C'est vous qui l'avez quittée ? Je pensais…

— Que c'était elle qui était partie ? Non. C'est moi. Je ne l'ai pas fait de gaieté de cœur, croyez-le bien. La petite était bébé, et j'ai tenu autant que possible. Mais la vie avec Graziella était devenue impossible. Elle était d'une jalousie maladive, qui s'est aggravée à la naissance de Sofia. Elle m'accusait sans cesse de la tromper avec mes clientes, qu'elles aient trente ou soixante-dix ans. Elle me suivait avec la petite dans la voiture, lisait mes messages et mes mails. C'était atroce. J'ai essayé de l'aider, la naissance de Sofia avait été difficile, et elle a eu du mal à s'en remettre. Elle a fait un baby blues. Au bout d'un moment, je n'ai plus pu… Tout ça était au-dessus de mes forces, alors je suis parti. Les premiers temps, je ne voyais pas beaucoup ma fille. Elle était bébé, elle avait plus besoin de sa mère que de moi. Elle a grandi et quand j'ai voulu la revoir, il y a quelque temps, sa mère a tout fait pour m'en empêcher. Elle s'est remariée et elle est heureuse, je crois. La petite aussi, mais c'est ma fille, j'ai le droit de la voir, quand même. Et là, elle veut me l'enlever et l'emmener avec elle. D'après le juge, elle en a parfaitement le droit, vu qu'elle l'élève seule depuis toujours ou presque.

Je suis abasourdie par ce que j'entends, mais je tente de le cacher. Une petite voix me hurle que c'est bien fait pour lui. Il a quitté sa femme au pire moment de sa vie, alors qu'elle avait besoin de lui. Et même si elle était insupportable, elle souffrait, appelait à l'aide.

Cette soirée vire au fiasco : je me rends compte que, si Gabriel est beau et professionnel, ce n'est pas un mec pour moi. Quand je pense que j'ai éconduit David parce que j'hésitais. Quelle cruche je fais !

— Parlez-moi un peu de vous. Vous habitiez à Paris avant, c'est ça ? Depuis toujours ?

— Oh non, j'ai grandi dans un petit village de Picardie au milieu de rien. Pas très loin de Paris, mais pas assez près pour se considérer de la région parisienne. Mes amis et moi ne rêvions que d'une chose : en partir dès que possible. Je ne savais pas vraiment vers quel métier me diriger, et mes parents étaient très terre à terre. Si je partais à Paris pour mes études, il fallait qu'elles me permettent de trouver un bon travail. Alors, après le bac, j'ai commencé le droit. Je vivais en coloc avec des étudiantes étrangères, c'était une chouette époque. Je sortais pas mal, j'avais beaucoup d'amis, et puis j'étudiais, évidemment. Sans être une grande passion, le droit me plaisait. Et puis, ce n'était pas très compliqué, j'apprenais et je recrachais mes cours. J'ai toujours eu une très bonne mémoire, c'était facile.

— C'est à ce moment-là que vous avez rencontré votre ex petit ami ?

— Oui, mais on a été longtemps amis avant de tomber amoureux l'un de l'autre. Ça ne faisait que quelques années qu'on était ensemble. Mais on était trop différents, notre couple était voué à l'échec.

— Vous pensez qu'il faut se ressembler pour être

ensemble ? Vous et moi sommes très différents, me dit-il en me prenant la main.

Doucement, je la retire en faisant mine d'en avoir besoin pour me servir de l'eau. Gabriel s'empresse de me devancer, mais, d'un signe, je lui indique que ça n'est pas nécessaire.

— Oui. Enfin, il faut au moins avoir des choses en commun. Des passions, des valeurs, des goûts... Ça me paraît un minimum. Et nous, nous étions vraiment l'opposé l'un de l'autre. À la fin, nos soirées étaient d'un ennuyeux à pleurer ! D'ailleurs, en me retrouvant ici, à Lille, seule et loin de lui, je me suis rendu compte que notre rupture avait été une bonne chose pour moi.

— Et bientôt, quand les travaux seront terminés, vous pourrez avoir un joli petit nid d'amour !

— Euh oui... C'est ça...

De peur qu'il n'embraye à nouveau sur une discussion concernant une possible histoire entre nous, je m'attelle à changer de sujet, et lui demande si son plat est bon. Étant donné que son assiette est vide et si propre que le passage au lave-vaisselle ne paraît pas nécessaire, je pense que oui. Il me propose de choisir un dessert, mais je souhaite en finir au plus vite, alors je refuse poliment. Ce type est vraiment aux antipodes de celui qu'il me faut ! Si je ne devais pas compter sur lui pour avoir une jolie maison refaite et modernisée, je l'aurais bien laissé en plan. Je ne peux malheureusement pas échapper à un thé pour l'accompagner, alors qu'il commande un café gourmand. Sans me consulter, il demande au serveur de me servir quelques mignardises avec ma boisson, pour ne pas être le seul à grignoter des douceurs.

Au moment de payer, il me propose de diviser l'addition en deux car, je cite : « Vous êtes une femme moderne et vu qu'il y a déjà une notion d'argent entre nous, on n'est pas à ça près. » Mon Dieu, libérez-moi de ce cauchemar !

Je le remercie pour la soirée, mais il veut absolument que l'on aille boire un verre. Je refuse poliment, arguant que les derniers jours m'ont épuisée et que j'ai besoin de me reposer avant de reprendre le travail lundi. Après avoir insisté lourdement, il capitule, non sans proposer de me raccompagner chez moi. J'accepte, me disant que je serai sans doute plus tranquille avec un homme des cavernes tel que lui.

En chemin, je l'observe et me demande comment j'ai pu tomber sous son charme. S'il a effectivement de très beaux yeux et un corps musclé, il a une allure aussi brusque que son caractère. Je repense à mon doux David et ses yeux noisette, mais aussi au fait que je l'ai éconduit. Gabriel passe le bras autour de mes épaules ; je ne fais rien pour me dégager. Je suis vraiment fatiguée et cette soirée m'a achevée. Je n'ai qu'une seule envie : retrouver mon lit douillet chez Antoinette et dormir jusque tard dans la matinée.

Soudain, je m'arrête net et tente de me soustraire à la grande paluche de Gabriel. David arrive en face de moi, et ses yeux nous scrutent tour à tour.

— Salut.

— Oh ! David, salut ! Ça va ?

— Oui, merci, je suis sorti boire un verre avec des potes. J'ai failli t'appeler, mais comme on n'était que des mecs, je me suis dit que tu te serais ennuyée. J'ai bien fait, puisque tu es occupée ce soir.

— Ouais, mec, elle est bien occupée avec moi ! On ne se connaît pas, je suis Gabriel.

Il tend son énorme main qui vient broyer celle de David.

— David, un ami d'Alice. Enchanté.

J'ai le ventre noué et un poids sur le cœur devant

ses yeux qui semblent si tristes. J'ai tout gâché entre nous et maintenant il pense que je suis avec ce crétin de Gabriel !

— Bon, c'est pas le tout, on a de la route jusque chez Alice. Et la nuit est encore jeune, il faut en profiter, pas vrai, David ?

— Tout à fait. Eh bien, bonne soirée à tous les deux.

— David… Je t'appelle, d'accord ?

— Si tu veux, allez, salut.

Il s'éloigne pour rejoindre ses copains qui sont en train de fumer sur le trottoir d'un bar proposant des concerts de rock. Gabriel hume la fumée des cigarettes, tandis qu'on croise un petit groupe.

— Tu… On pourrait se tutoyer, non ? Tu fumes ?

— Non. Et je déteste l'odeur de la cigarette, ça me rend malade, dis-je en bloquant ma respiration.

— Ah ouais. C'est bien. Moi, j'essaie d'arrêter, mais je reprends tout le temps. Là, par exemple, j'ai pas fumé depuis ce matin et j'ai qu'une envie, c'est de m'en griller une.

— Ah, il faudra que tu attendes un peu, le temps de me déposer.

— Sauf si on prolonge un peu la soirée…

— Je suis vraiment épuisée, je ne rêve que de dormir.

— D'accord. Bon, ben, du coup je ressortirai peut-être après. Ça ne t'embête pas ?

— Pourquoi ça m'embêterait ? Du moment que tu es à l'heure demain, ça me va…

— Oh. OK.

Nous poursuivons notre chemin dans un silence pesant. Moi qui voulais apprendre à le connaître un peu mieux pour aller au-delà de son physique, j'ai été servie ! Pendant tout le repas, chaque fois qu'il a ouvert la bouche, soit il a dit quelque chose qui ne m'a pas plu, soit il m'a parlé de ses goûts, aux antipodes des miens.

Je me suis sentie tendue et mal à l'aise. C'était une très mauvaise idée. J'aurais dû le savoir. Déjà, sortir avec le type qui s'occupe des travaux de ma maison dès le premier jour… pas top. Et maintenant, je vais devoir l'éconduire en douceur, en ménageant sa susceptibilité. J'espère qu'il est assez professionnel pour que tout ça n'entre pas en compte dans le projet qui nous occupe ! Je me doute qu'il ne va pas bâcler ou faire des bêtises, après tout, sa réputation est en jeu. Mais je ne veux pas non plus qu'il me lâche en cours de route.

Nous arrivons devant chez Antoinette quelques minutes plus tard.

— Bon, eh bien, merci pour cette soirée. C'était très sympa !

— Oui, moi aussi, j'ai passé une très bonne soirée, Alice. J'espère qu'on aura l'occasion de se revoir en dehors du chantier. Très bientôt.

— Oh ! je ne sais pas. Je reprends le boulot bientôt, j'aurai des trucs à faire. Et je vais sans doute aller voir ma mère, ce week-end. Mais on verra, oui.

Il s'approche de moi dans l'intention évidente de m'embrasser. Ce type est incroyable ! J'ai évité de m'approcher de lui autant que possible, j'ai gentiment esquivé son invitation à se revoir, mais il n'a pas compris.

Brusquement, je tends la joue pour lui faire la bise, rate mon geste et lui mets un coup de boule.

— Aïe, putain !

— Oh pardon ! Bon, rentre bien ! Enfin, amuse-toi bien !

Je suis interrompue par la porte qui s'ouvre sur une Antoinette en robe de chambre en pilou à fleurs violettes. Abasourdie par cette vision, Gabriel bafouille et s'en va sans demander son reste.

— Antoinette, vous m'avez sauvée !

— C'était l'idée, mon petit. Je vous observais depuis

la fenêtre du haut, et j'ai vu depuis mon perchoir que ça n'allait pas. Je commence à vous connaître, votre corps parlait pour vous. Si vous aviez pu partir en courant, vous l'auriez fait ! J'imagine donc que la soirée ne s'est pas passée comme vous l'espériez…

— Une catastrophe, dis-je en soupirant. J'espère qu'il est meilleur ouvrier que mari !

— Asseyez-vous et racontez-moi tout. Je vais vous préparer une infusion aux plantes avec du miel, ça va vous faire du bien.

Je m'effondre sur le canapé, et m'exécute. Outre ce qu'il m'a dit sur sa femme et mon impression qu'il a noirci le tableau, je lui parle de nos goûts qui diffèrent en tout, que ce soit pour la musique, les films ou les séries.

— Et ce n'est pas le pire… Sur le chemin du retour, nous avons croisé David. Gabriel s'est fait un malin plaisir à jouer le coq, lui laissant croire que nous étions ensemble. Et moi, comme une cruche, je n'ai rien dit ! Vous auriez dû voir le regard de David. Il n'a aucune confiance en lui, il a dû voir cette montagne de muscles et se dire qu'il ne faisait pas le poids. Alors qu'il le fait. Mille fois. J'ai tout gâché, Antoinette !

— Que vous êtes compliqués, vous, les jeunes… Il vous plaît, ce David ?

— Oui, seulement, jusqu'à ce soir, je n'étais pas sûre de moi. Il faut dire que… physiquement, Gabriel est vraiment très…

— Canon… Oui, c'est vrai…

— Antoinette !

— Oh ! vous n'allez pas encore me censurer ? Je l'ai vu, votre Gabriel, il est bel homme. Mais il n'a pas l'air gentil, plutôt du genre ours mal léché.

— Oui, c'est tout à fait ça. Il m'a fait une mauvaise impression, la première fois que je l'ai vu. Puis il m'a parlé de sa petite fille et de ses difficultés à la voir. Alors, je me suis dit qu'il était blessé. Ce soir, il a évoqué sa séparation d'avec la mère de la petite. Il l'a laissée tomber comme une vieille chaussette, alors qu'elle faisait sans doute une dépression. Il ne voit pas le problème et joue les victimes. En plus, il parle sans réfléchir et peut être blessant sans y voir aucun problème. J'ai tellement été mal à l'aise pendant ce repas…

— Et ce David, il est comment ?

— Il est craquant dans son genre. Si vous le mettez à côté de Gabriel, ce n'est pas lui que vous remarquerez. Il est plutôt grand, mais pas très musclé, et porte des lunettes de geek. Il a des yeux magnifiques et un sourire adorable. Et surtout, il est gentil et attentif. C'est super facile de discuter avec lui, il a une culture incroyable et s'intéresse à un tas de choses. Il parle de ses passions avec tant de fougue qu'on ne peut que s'y intéresser aussi.

— Alors, vous savez ce qui vous reste à faire, mon petit ! Prenez votre fichu téléphone et appelez-le.

— Pour lui dire quoi ? « Pardon, David. En fait, j'ai réfléchi, et c'est toi que je veux, pas le beau gosse musclé. »

— Oui, vous lui dites ça. Plus ou moins ! Vous convenez d'un rendez-vous. Vous pouvez aller boire un verre et discuter. Dans la conversation, vous glisserez que Gabriel est un con.

— Vous êtes géniale, Antoinette, vous le savez, ça ? Vous êtes la meilleure des coachs en relations amoureuses !

— Eh bien, qu'attendez-vous pour l'appeler ?

— Il est plus de 23 heures ! Et il est sans doute encore avec ses amis…

— Ça signifie donc qu'il n'est pas couché et qu'il va pouvoir vous répondre. Allez, allez, filez !

Je dépose un baiser sur sa joue.

— Merci, Antoinette ! Et merci pour la tisane !

Je monte quatre à quatre dans ma chambre et m'installe sur mon lit. Je prends une grande inspiration et compose le numéro de David, qui décroche rapidement. La musique assourdissante derrière lui me confirme qu'il est toujours avec ses amis.

— Alice, ça va ?

— Oui, oui… Je… Je voulais t'appeler, parce que, tout à l'heure…

— Je t'entends très mal… On se rappelle demain, OK ?

— Ah, OK…

Je raccroche, déçue et frustrée. Il ne manquerait plus qu'il rencontre une nana ce soir et qu'il ait un coup de foudre ! Moi, je me retrouverais seule, une fois de plus…

Chapitre 18

Après mes quelques jours de vacances, je reprends le travail et enchaîne de longues journées, sans m'accorder le temps de respirer ou presque. Les ouvriers ont les clés de la maison, je ne les croise jamais. Quand je passe le soir en sortant du boulot, ils sont déjà partis. Je peux voir ce qui a été réalisé. À mon grand soulagement, je n'ai pas de contact avec Gabriel, qui semble simplement superviser le chantier. Il m'envoie des SMS factuels sur mes choix de décoration, mais n'évoque jamais la soirée que nous avons passée ensemble et sa fin super gênante. Qui sait, peut-être que ça a été aussi horrible pour lui que pour moi ?

Au fil des jours, la maison commence à prendre forme. L'espace cloisonné du bas est devenu un grand séjour que la baie vitrée rend plus lumineux. Je n'ai à déplorer que quelques gaffes des ouvriers ; dans l'ensemble tout se déroule sans accroc. À la fin de la semaine, les murs sont refaits à neuf et peints en blanc, la cuisine est presque installée. On a peine à imaginer qu'il y a encore peu de temps se trouvait là un enchevêtrement de petites pièces sombres et vieillottes. Je peux enfin me projeter dans cette maison qui devient de plus en plus mienne. D'ailleurs, je me rends compte d'une chose : plus les travaux avancent, plus je cesse de l'appeler « la maison de Nanou ». Elle devient « chez moi ».

Je vois également assez souvent mes voisins Hélène et Théo, qui s'avèrent très sympas. Au départ, je me suis sentie mal de leur faire subir le bruit des travaux à longueur de journée, surtout à Hélène qui bosse chez elle. Une fois la cuisine installée, j'ai concocté des gâteaux que je lui ai apportés avec une théière de thé fumant pour me faire pardonner. Elle a apprécié mon geste, et nous avons passé un très bon moment ensemble.

En revanche, je n'ai aucune nouvelle de David depuis notre rencontre fortuite dans la rue et notre échange plutôt bref au téléphone. Je lui ai envoyé quelques textos, je l'ai même appelé, mais il semble faire le mort. Chaque fois, j'ai eu du mal à lui laisser un message. Quoi lui dire ? « Ne t'inquiète pas, je ne suis pas avec le mec sexy et super musclé avec qui tu m'as croisée. C'est à toi que je pense tout le temps. » « Je rêve de toi presque chaque nuit et ton silence devient obsédant » ou encore « Je n'ai plus de cartons à trier, mais j'ai de la peinture à faire ». Tout est vrai, mais paraît ridicule, quand ça sort de ma bouche. Alors, je me contente de phrases laconiques, où je prends amicalement de ses nouvelles.

Mon imagination fonctionne à plein régime, bien sûr, et j'imagine mille raisons à son silence : il est peut-être malade, mort ou pire… en couple avec une autre. Plus le temps passe et plus j'ai du mal à le chasser de mes pensées. Il me manque et je prends conscience que je suis peut-être plus attachée à lui que je veux bien l'avouer.

Au bout de presque un mois de travaux, je constate que les ouvriers sont moins présents sur le chantier. J'ai l'impression qu'ils font durer exprès les dernières finitions. Alors que tout pourrait être terminé en deux jours à peine, ils ne passent qu'une heure ou deux sur le chantier quotidiennement. Ça a le don de me rendre folle. Comme je ne les vois jamais, ce n'est que grâce à Hélène, qui les espionne discrètement, que je connais leurs horaires.

Je finis par téléphoner à Gabriel pour lui demander des comptes.

— Alice, quelle bonne surprise ! C'est agréable d'entendre ta voix, je pensais devoir me contenter de SMS jusqu'à la fin des temps.

— Gabriel, je t'appelle, parce que j'en ai marre que le chantier stagne.

— Comment ça ? Le chantier ne stagne pas, il avance à son rythme. Tu sais, j'ai mis un max de mes hommes chez toi, mais tu n'es pas la seule cliente. J'ai d'autres chantiers qui ont commencé. Je suis obligé de dispatcher les équipes.

— Je m'en fiche, en fait. Tout ce que je vois, c'est que tes ouvriers ne viennent plus qu'une heure ou deux par jour. Le chantier a duré plusieurs semaines, on en est au stade des finitions, et j'ai envie d'emménager chez moi. Je me fous que tu aies d'autres chantiers, je veux juste que le mien se termine.

— Ça voudrait dire que je n'entendrai plus ta jolie voix.

— Je… Pardon ? Je suis ta cliente et je paie pour une réalisation. Je te demande donc de terminer ce chantier au plus vite. Et de ne plus me parler de ma voix. Notre relation est et restera professionnelle. Sur ce, au revoir, on m'attend.

Je ne lui laisse pas le temps de répondre. Quel con, ce type ! Avec son petit air suffisant là, ce qu'il m'agace ! Je n'arrive pas à comprendre comment j'ai pu le trouver sexy. Bon, si, OK, je vois très bien, puisqu'il est sexy. Mais un connard sexy reste avant tout un connard.

Je regarde autour de moi et établis la liste de ce qu'il y a à faire pour que la pièce soit vraiment terminée.

J'ai tellement hâte de prendre possession des lieux ! Et je sais, aux questions (pas si) innocentes d'Antoinette, qu'elle aimerait bien récupérer de l'espace dans son garage. C'est vraiment ce qui est rageant ici : il ne reste presque rien, mais ce presque rien m'empêche de terminer l'aménagement.

Je suis tirée de mes pensées par des coups frappés à la porte. Je me précipite pour ouvrir, persuadée que c'est David.

— Oh ! c'est vous.

— C'est sympa ! Nous aussi, on est contentes de te voir, me répond une Samia goguenarde.

— Pardon, je suis contente de vous voir, bien sûr, mais je m'attendais à quelqu'un d'autre.

— Laisse-moi deviner : ton geek sexy, à qui tu n'es pas fichue de laisser un message correct sur son répondeur ?

Tout en lançant un coup d'œil meurtrier à Camille, je m'efface pour les laisser passer. Samia brandit une bouteille de vin blanc et Camille des sushis. Nous prenons place autour de la petite table en formica, qui semble à présent minuscule au milieu de l'espace nu.

— Celui-là même. Je ne sais pas quoi lui dire. Et puis, il m'énerve, lui aussi ! Il m'a vue avec Gabriel et se fait sans doute des films. Ou alors, il a rencontré quelqu'un…

— Ou il est mort, rétorque Camille, sans me laisser terminer.

Samia et moi nous retournons comme un seul homme vers Camille, qui rougit avant d'éclater de rire.

— Pardon, je ne sais pas pourquoi j'ai dit ça. Non, évidemment, il est bien vivant, sinon Antoinette aurait lu son avis de décès dans *La Voix du Nord*. Oh ! ou non. Elle connaît son existence ?

— Ma chérie, tais-toi, ça vaut mieux. Tu as son adresse, Alice ?

— Non, lui a la mienne, mais on n'a jamais parlé de chez lui. Je crois qu'il habite à Lille, sans aucune idée de l'endroit exact. En plus, j'ignore son nom de famille ! C'est vous dire si ça risque d'être compliqué, s'il persiste avec son silence radio.

— Ce qu'il faut, c'est un message explicite. Parce que, pour l'instant, tu lui as dit quoi, en fait ?

— Euh… Rien…

— Comment ça, rien ?

— Eh bien, j'ai commencé à lui laisser des messages que j'ai toujours supprimés avant la fin. Et puis, il y a mes SMS… Je lui demande de ses nouvelles…

— Non, ça ne va pas du tout. Écoute, ça se voit comme le nez au milieu de la figure. Tu ressens des trucs pour ce type et, d'après ce qu'on a compris, c'est réciproque. Sauf qu'il croit que tu sors avec l'autre abruti. Et nous, on a super envie d'un happy end pour toi. Une nouvelle vie dans ta petite maison toute mignonne avec ton geek tout mignon. Gniii, ça serait tellement bien !

Samia lève les yeux au ciel avant de reprendre la parole.

— Excuse-la, elle se croit dans une comédie romantique. Je suis certaine qu'elle adorerait que tu prennes un avion pour le bout du monde, juste pour que David te rattrape avant le décollage. Désolée d'être plus pragmatique, mais si tu veux qu'il t'entende, il faut lui parler. Alors, tu l'appelles, en espérant qu'il te réponde, et si tu tombes sur le répondeur, tu lui dis ce que tu as sur le cœur. Fais-le tant que tu n'as pas deux grammes d'alcool dans le sang, ça évitera des drames.

Comme je m'apprête à l'appeler, je reçois un SMS.

J'ai des soucis à régler, j'ai dû partir dans ma famille, en Normandie. Je te contacte à mon retour. J'espère que tu vas bien. David

Je ne savais même pas que sa famille habitait en Normandie. Il m'avait dit qu'il était un Lillois pur et dur. Et puis, son ton est tellement sec ! Même pas de « je t'embrasse », rien du tout. Il devait prendre des congés un peu plus tard. S'il a tout lâché comme ça, c'est que ça doit être assez sérieux. Je lis ces quelques mots aux filles.

— C'est assez sec, effectivement, déclare Samia, en se massant pensivement le menton. Mais dis-toi qu'il t'imagine sans doute avec Gabriel. Il essaie peut-être d'avoir l'air le plus détaché possible. Rappelle-toi qu'il ignore ce que tu ressens pour lui. Donc, première étape, l'informer !

— Oui, je suis d'accord, renchérit Camille.

— Pfff, vous êtes marrantes ! Je réfléchis à ce que je pourrais lui dire depuis des jours. Et rien n'est jamais vraiment très profond.

— Il s'agit juste d'être honnête, Alice, et de lui avouer ce que tu as sur le cœur. Au pire, qu'est-ce que tu risques ? Un râteau ?

— Je passe sur le fait que ma chère et tendre se croit encore en 5e et utilise le mot « râteau », mais dans le fond elle a raison. Tu lui plais, il te l'a dit. Bon, OK, tu n'as pas de nouvelles depuis des jours, mais il y a une bonne raison à ça : ses problèmes familiaux. Par contre, il a besoin d'une bonne nouvelle.

Je souris et compose le numéro de David. Comme d'habitude, ça sonne dans le vide, puis un message m'annonce que le répondeur de mon correspondant est plein. Je repose le téléphone en tirant une tête de six pieds de long.

— Encore le répondeur ?

— Oui, et cette fois, sa boîte est pleine. Je ne peux pas lui laisser de message.

— Zut ! Et lui envoyer un SMS ? Au moins, il pourra

le lire quand il aura le temps, et puis, ça te permet de ne pas dire de trop grosses bêtises.

— Pfff… Je ne sais pas…

— C'est un ordre. Envoie-lui un foutu SMS et ouvre-lui ton cœur !

Je reprends mon portable, souffle un grand coup, et écris :

> David, j'espère que tu vas bien et que ton souci familial n'est pas trop grave. Ton silence commence à m'inquiéter. Tu me manques. Je ne sais pas ce que tu as cru, la dernière fois que l'on s'est croisés, mais je t'assure que tu t'es trompé. Il n'y a rien entre Gabriel et moi. Tout simplement parce que je ne pense qu'à toi. Appelle-moi quand tu rentres, j'ai hâte de te revoir. Je t'embrasse. Alice.

J'envoie le message sans le relire, pour ne pas me défiler. Et voilà, les dés sont jetés !

La soirée se poursuit jusque tard dans la nuit, et nous sommes bientôt rejointes par Hélène et Théo, attirés par la musique que je diffuse sans doute un peu trop fort.

Le lendemain, c'est le week-end, pourtant, dès 8 heures, Gabriel et ses hommes sont là pour terminer le chantier. En quelques heures tout est fait. Les murs sont poncés et peints, le carrelage jointé, les prises électriques installées… Le séjour est fini, et je me réjouis de pouvoir emménager bientôt officiellement. Je dors de plus en plus souvent dans la chambre du premier étage, mais il me reste encore pas mal de meubles à installer dans la maison. Ma cohabitation avec Antoinette n'a que trop duré.

Vers 18 heures, les ouvriers me saluent et remballent leurs affaires, à l'exception de Gabriel, qui semble traîner sciemment. Au bout d'un moment, n'y tenant plus, je lui fais comprendre que j'aimerais qu'il dégage le plancher.

— Bon, eh bien, merci, Gabriel. Tu veux qu'on fasse la livraison de chantier maintenant, ou tu préfères revenir la semaine prochaine ?

— Oh ! on verra ça la semaine prochaine ! Là, c'est l'heure de boire un verre, tous les deux. J'ai apporté une bouteille de champagne que j'ai mise au frigo en arrivant, ce matin. Elle doit être bien fraîche !

— Tu… Dans le frigo ? Mais enfin, de quel droit tu te permets de fouiner dans mon frigo ?

— Tu étais occupée avec un des gars, alors je n'ai pas voulu te déranger. Et puis, je me suis dit que maintenant que le chantier était terminé on pourrait poursuivre ce qu'on a commencé.

Il s'approche avec un petit sourire et me colle contre le mur de la cuisine. Un frisson glacé me parcourt l'échine. Il fait deux têtes de plus que moi et pas loin du double de mon poids. S'il ne comprend pas le « non » que je m'apprête à répondre, il fera ce qu'il veut de moi. Je profite d'un espace sur le côté pour me dégager.

— Je crois qu'on ne s'est pas bien compris. On n'a rien à poursuivre. Accepter ton invitation à dîner a été une erreur, et pas seulement parce que tu es l'entrepreneur qui a fait mes travaux. Vous avez tous fait un super boulot. Vraiment. Mais toi et moi, ça ne va pas marcher. Ça ne peut pas marcher.

Il lève un sourcil étonné, et s'approche à nouveau de moi. Bon sang, ce type est aussi sexy que con. Quel gâchis !

— Pourtant, quand on était ensemble, j'ai senti un truc. Tu ne risques rien à essayer. Personne ne s'est jamais plaint de mes performances, tu sais.

— Haha, peut-être, lui dis-je, extrêmement mal à l'aise, mais je t'assure, entre nous c'est impossible. Parce que… Je suis amoureuse d'un autre !

Il se détourne de moi avec un air mauvais.

— Ne me dis pas que c'est le freluquet qu'on a croisé en sortant du resto ?

— Si, c'est lui. Et ce n'est pas un freluquet. C'est un mec bien.

— Effectivement, si c'est ton genre de mec, on n'a rien à faire ensemble. Dommage pour toi, tu ne sais pas ce que tu perds.

Sans un regard vers moi, il ouvre le frigo et reprend sa bouteille de champagne. Puis il quitte la maison sans un mot. Une fois la porte refermée, je me rends compte que j'avais jusque-là retenu ma respiration. Je jette un coup d'œil à mon téléphone. Pas de nouvelles de David. Je n'ai pas le courage de passer la soirée seule, alors j'appelle Antoinette pour savoir si elle fait quelque chose de particulier. Avec un petit rire, elle me répond qu'elle était en train de se préparer pour aller en boîte, comme toutes les filles de son âge. Je l'adore, elle est formidable ! Après avoir repris son sérieux, elle m'annonce que si je veux je peux venir partager avec elle une soupe et un film à l'eau de rose, car elle sent à ma petite voix que c'est ce dont j'ai besoin.

En quelques minutes, je suis devant chez elle avec une tablette de chocolat. Je l'entends qui presse le pas, claudiquante, et la conjure à travers la porte de ne pas essayer de battre un record de vitesse. L'été est bien avancé, et la chaleur est toujours présente sur Lille. Je préférerais un gaspacho, mais Antoinette nous sert son immuable soupe de légumes que je déguste en transpirant à grosses gouttes. Je lui raconte mes dernières péripéties amoureuses ; elle m'écoute en buvant mes paroles comme devant sa série de l'après-midi. Depuis quelques jours maintenant, je dors chez moi et j'ai transféré la quasi-totalité de mes affaires dans mon salon qui ne ressemble donc toujours pas à un salon. Après un bon coup de peinture et un peu de déco, j'ai pu intégrer la chambre de Nanou sans que son fantôme ne me hante. Étonnement, je m'y sens même très bien. Qui sait, peut-être qu'elle veille sur moi, de là-haut. Ça fait un moment que je ne dors plus dans la belle chambre du deuxième étage, chez Antoinette. Je lui ai proposé de l'aider à la mettre en location, au moins pour de courts séjours, mais elle demeure réticente. D'ailleurs, elle continue à l'appeler « votre chambre », alors même que je la reprends chaque fois.

Après le repas, nous nous installons devant une bluette racontant l'impossible histoire d'amour entre deux jeunes New-Yorkais. C'est très niais, très triste, et je finis en larmes. Pour une fois, Antoinette ne s'endort pas devant le film et me propose de rester dormir dans mon ancienne chambre. Je refuse tout d'abord poliment, puis accepte car elle insiste lourdement. Nous nous séparons au premier étage et je rejoins la pièce qui demeure un peu pour moi aussi « ma chambre ». Les draps ont été changés et il flotte dans la pièce une délicieuse odeur florale. Je mets mon téléphone en charge près de moi et y jette un dernier coup d'œil, avant de sombrer dans un profond sommeil.

Chapitre 19

Quand je me réveille le lendemain, la journée est bien avancée. Antoinette est partie chez ses amies pour y passer son dimanche. Je décide de rentrer rapidement pour faire quelques travaux de décoration dans la maison. Quand j'arrive, je trouve un petit mot glissé sous la porte.

Alice,

Je suis rentré tard hier soir, mais j'ai voulu te voir à mon retour. Dommage, tu n'es pas là. Je repasserai.

David

Mais non, ce n'est pas possible, je l'ai loupé ! Je me précipite dans la maison, jette mon sac et ma veste par terre, et prends mon téléphone. Zut, répondeur ! Je laisse un message essoufflé à David pour lui dire que je suis chez moi et que je ne bougerai pas. Et puis, j'attends dans la cuisine.

Au bout d'une demi-heure, n'ayant reçu ni appel ni visite, je me décide à faire ce que j'avais prévu. Je monte à fond la sonnerie de mon téléphone pour l'entendre au cas où David appellerait, et m'attelle à l'aménagement du séjour. J'ai récupéré mes meubles et mes cartons, et m'emploie à tout décorer.

Au bout de trois bonnes heures, je suis épuisée, en sueur, mais mon intérieur ressemble à quelque chose.

J'ai tellement besoin d'une douche que je ne profite pas de ma nouvelle déco mais plutôt de ma nouvelle salle de bains. Stressée à l'idée de rater David, je me dépêche de me laver et de me passer vite fait un petit coup de rasoir sur les jambes et ailleurs. On ne sait jamais…

J'enfile une robe légère sur des sous-vêtements en coton, et descends au salon pieds nus. Je jette un coup d'œil à la cour envahie d'herbes folles en me disant qu'il faut vraiment que je fasse quelque chose. J'ouvre la baie vitrée pour évaluer l'étendue des dégâts. On ne voit même plus le sol. J'écarte délicatement de larges feuilles pour découvrir que le sol est carrelé dans de jolis tons de gris sur toute la partie accolée à la maison. Après avoir arraché les herbes, je pourrai sans doute mettre du gazon et quelques plantes le long des murs. Et tout ça avant l'automne.

Je suis tirée de mes pensées par des coups frappés à la porte. Cette fois, je ne me fais pas d'illusions : ce sont sans doute les filles ou mes voisins. Mais c'est un David aux traits tirés qui se tient devant moi. J'ai une drôle de sensation au creux du ventre, comme si mon estomac allait lâcher. Je crois bien que j'ai un peu peur.

— David… Entre, je t'en prie, dis-je en m'effaçant pour le laisser passer.

— Je ne savais pas si j'allais te trouver là. J'aurais pu t'appeler avant de passer, désolé, j'ai été bête. Enfin… Je pensais bien te trouver chez toi mais… bref… Tu es là.

— J'étais chez Antoinette. Je n'avais pas trop le moral, alors elle m'a proposé de passer la soirée chez elle, et j'ai fini par dormir dans mon ancienne chambre.

— Ah, je comprends.

— Mais, dis-moi, que s'est-il passé ? J'étais inquiète…

Il pousse un grand soupir et s'affale sur le canapé. Je m'assieds à côté de lui, tout en maintenant une distance respectable. Même si je n'ai qu'une envie, celle de lui sauter dessus, son apparence fatiguée me tracasse.

— Ma sœur et ma filleule ont eu un accident de voiture alors qu'elles étaient parties voir ma grand-mère hospitalisée en Normandie.

— Oh mon Dieu, comment vont-elles ?

— Maintenant ça va. Mais on a eu une belle frayeur ! Je ne t'ai pas trop parlé de ma famille, parce que c'est compliqué. Ma sœur et moi sommes nés en Normandie, d'où est originaire toute ma famille. Quand j'ai eu six ans et elle dix, mes parents ont divorcé. Mon père a quitté ma mère pour sa secrétaire. L'histoire classique, et un beau bordel à la fin. Ma mère a eu du mal à s'en remettre, mais elle s'est battue et elle a remonté la pente. Elle a rencontré un homme formidable, et nous sommes tous partis vivre à Lille. Mon père, lui, avait refait sa vie avec sa nouvelle femme et un bébé tout neuf. J'imagine qu'il a été soulagé de nous voir partir. En revanche, mes grands-parents paternels ont eu beaucoup de mal. Ils n'avaient pas approuvé le comportement de notre père et aimaient beaucoup notre mère. Du coup, on revenait souvent en Normandie pour les voir. Un putain de cancer du sein a emporté ma mère il y a dix ans. J'étais encore un gamin et ma sœur à peine une adulte. Heureusement que mon beau-père était là ! Son sang ne coule pas dans mes veines, mais il a toujours été présent pour moi. Il y a cinq ans, mon grand-père est décédé et, depuis, ma grand-mère a beaucoup de mal à faire face. Il y a quelques semaines, elle a fait un AVC. Pour des raisons diverses, on n'a pas pu aller la voir tout de suite. Quand ma sœur et ma filleule ont enfin pu, un connard de chauffard les a emplafonnées à quelques kilomètres de l'hôpital.. J'ai tout laissé tomber, je me suis presque embrouillé avec mon patron qui ne voulait pas me laisser partir, et je me suis précipité là-bas. Je n'ai pas quitté l'hôpital tant que je n'ai pas été certain qu'elles aillent bien. Ma grand-mère se remet doucement, et les filles s'en sortent aussi. Elles vont pouvoir rentrer à la maison. Et moi, avec tout ça, je suis épuisé.

Sans m'en rendre compte, je me suis rapprochée tandis qu'il parlait, et lui ai pris la main. Lorsque j'en ai conscience, j'ôte précipitamment ma main, le rouge aux joues, mais il la reprend aussitôt.

— J'ai lu ton message. Il m'a fait un bien fou ! J'étais parti avec l'image de ce sale type et de ses grosses pattes sur toi. Il avait l'air tellement sûr de lui et je me suis senti tellement nul à côté de lui… Je veux dire… Regarde-moi et regarde-le. J'ai l'air si insignifiant à côté de lui… Il est musclé, il a le poil brillant, des yeux complètement dingues…

— Et c'est un sale con.

— Ah bon ? Pourtant, vous aviez l'air de bien vous entendre…

— Non, et crois bien que je regrette chaque seconde de cette soirée. Quand tu nous as vus, je sortais du pire dîner qui soit. Il m'a raconté ses histoires de divorce en mode Calimero, alors qu'il s'est comporté comme le pire des salauds avec son ex. Ensuite, il a absolument voulu me raccompagner. Devant chez Antoinette, il a essayé de m'embrasser, mais j'ai esquivé son baiser. Il est reparti aussitôt faire la fête sans moi. J'ai discuté avec Antoinette, qui m'a convaincue de t'appeler.

— Et moi, je t'ai raccroché au nez.

— Oui…

— Je suis désolé ! J'avais un peu trop bu, et la vision de vous deux bras dessus bras dessous… Je ne comprenais pas pourquoi tu m'appelais. Tu n'avais pas l'air en difficulté et… j'étais énervé.

— Et puis, tu as disparu et tu ne m'as plus donné de nouvelles. J'étais morte d'inquiétude.

Il s'approche de moi et me caresse la joue avec douceur. Je ferme les yeux et cale le visage contre sa main. C'est si doux !

— J'ai fini par t'en donner, des nouvelles.

— Oui, dans un message très sec.

— Auquel tu as répondu par le message que je n'attendais plus.

Je ris et le regarde dans les yeux. Ses si beaux, si doux yeux aux reflets noisette.

— J'ai décidé d'être honnête et de jouer carte sur table. Il était peut-être trop tard. Je t'imaginais amoureux d'une autre. Je me disais que tu ne m'attendais plus.

— Comment aurais-je pu être amoureux d'une autre, alors que je ne pensais qu'à toi ?

Tendrement, ses lèvres se rapprochent des miennes, et nous échangeons notre premier baiser. Mon corps se colle au sien, et je me fonds entre ses bras. Je ne me suis jamais sentie autant à ma place que dans les bras de l'homme que j'aime, dans la maison qui m'a redonné espoir.

Mood tracker du mois de

juillet

Je suis amoureuse
du mec le plus merveilleux
de la terre

Épilogue

26 décembre 2018

Il est 18 h 45. Je cours dans tous les sens depuis vingt bonnes minutes, tant je suis stressée. Un bras finit par me barrer le passage, et je me trouve propulsée contre un torse que je connais par cœur.

— Arrête de t'agiter comme ça ! Tu m'épuises.

— Je suis stressée. C'est bête, hein ?

— Non, c'est normal. C'est la première fois que tu fais ça, et tu veux que ce soit parfait.

— C'est une idée à la con. Ça va être une catastrophe. Qu'est-ce qui m'a pris ? Ils sont tous trop différents, ils n'ont rien en commun, ils ne vont rien trouver à se dire, et la soirée va être nulle !

— Ils t'ont, toi, et je trouve que c'est un formidable point commun. Le meilleur.

David me serre tout contre lui, et je me sens immédiatement mieux. Depuis qu'on s'est enfin avoué nos sentiments, on ne s'est pas quittés. Une semaine à peine après notre premier baiser, il a emménagé avec moi, dans ma petite maison de la rue de l'Espoir. Depuis, on vit sur un nuage. Il m'a aidée à terminer les derniers travaux et à aménager la petite cour, où on a passé de belles soirées d'été indien.

Aujourd'hui, après avoir tous passé Noël avec nos

familles respectives (même moi avec ma mère à qui j'ai décidé de pardonner), j'ai voulu organiser le Noël des amis. Ce soir, j'attends Samia et Camille, Bénédicte, Hélène et Théo, Antoinette et ses deux acolytes Paulette et Pierrette, mais aussi Ludivine, la sœur de David et sa fille Chloé. Même si j'angoisse de mêler ces personnalités différentes, que ce soit par leur âge ou leur vie, je sais au fond de moi que nous passerons une belle soirée. C'est grâce à toutes ces personnes fantastiques que ma vie a changé du tout au tout. Il y a moins d'un an, j'étais sans amoureux, sans logement et avec un futur professionnel incertain. Toute étincelle d'espoir ou presque m'avait quittée, mais je sais aujourd'hui qu'une bonne étoile brille dans le ciel et me porte chance.

Grâce à Nanou, me voilà aujourd'hui dans sa maison, devenue la mienne. J'ai rencontré des amies merveilleuses et celui qui a conquis mon cœur aussi discrètement que durablement. La rue de l'Espoir n'a jamais aussi bien porté son nom.

Remerciements

Pour la troisième fois, j'ai écrit ce roman au mois de novembre lors du NaNoWriMo. J'ai repris un début d'histoire laissé à l'abandon depuis quelque temps. Au départ, j'avais en tête une petite romance prenant place dans une histoire de nouvelle vie et de travaux. Et puis, parfois, l'inspiration joue des tours, et je me suis retrouvée à écrire quelque chose de très différent. Même si la romance plane toujours un peu au-dessus de mon récit, elle ne représente pas la matière première de cette histoire. Presque sans m'en rendre compte, j'ai donné une place importante aux personnes âgées dans ce roman, que ce soit avec les personnages de Nanou et d'Antoinette ou ceux, plus secondaires, de Paulette et Pierrette. Plusieurs personnes de mon entourage m'ont inspirée, notamment ma mamie (qui ne joue pas aux jeux vidéo mais en serait bien capable).

Je souhaite remercier mes bêta-lectrices de choc : ma maman et Ludivine.

Je remercie également mon fils qui, du haut de ses six ans, a choisi de qui Alice tomberait amoureuse, et ma fille qui a suivi avec attention la progression de l'écriture de ce texte.

Comme toujours, je remercie mon amoureux pour sa grande patience. Il n'a toujours pas lu mes livres, mais il est là et il me soutient. Et c'est déjà très bien.

Je remercie les membres du groupe NaNo Lille qui ont su si bien me motiver.

J'ai une pensée toute particulière pour mon oncle qui s'est éteint alors que j'écrivais les derniers chapitres de ce roman sans que j'aie pu le revoir. Parfois, la réalité rejoint douloureusement la fiction.

Et merci à vous d'avoir lu ce roman. J'espère qu'il vous aura permis de passer un bon moment, c'est pour cela que j'écris.

Composé et édité par HarperCollins France.

Achevé d'imprimer en décembre 2019.

CPI
BLACK PRINT

Barcelone

Dépôt légal : janvier 2020.

FSC
www.fsc.org
MIXTE
Papier issu de sources responsables
FSC® C108412

Pour limiter l'empreinte environnementale de ses livres, HarperCollins France s'engage à n'utiliser que du papier fabriqué à partir de bois provenant de forêts gérées durablement et de manière responsable.

Imprimé en Espagne.